江南引

欧阳江河 著

译林出版社

图书在版编目（CIP）数据
江南引 / 欧阳江河著. —南京：译林出版社，2018.3
ISBN 978-7-5447-7258-7

I.①江… II.①欧… III.①诗集－中国－当代 IV.
①I227

中国版本图书馆 CIP 数据核字（2018）第 004939 号

江南引　欧阳江河 / 著

责任编辑　韩继坤
特约编辑　肖　瑶
装帧设计　Metis 灵动视线　李　莹
校　　对　张兰坡
责任印制　贺　伟

出版发行　译林出版社
地　　址　南京市湖南路 1 号 A 楼
邮　　箱　yilin@yilin.com
网　　址　www.yilin.com
市场热线　010-85376701
排　　版　Metis 灵动视线
印　　刷　北京旭丰源印刷技术有限公司
开　　本　889 毫米 ×1194 毫米　1/48
印　　张　$4\frac{1}{3}$
版　　次　2018 年 3 月第 1 版　　2018 年 3 月第 1 次印刷
书　　号　ISBN 978-7-5447-7258-7
定　　价　35.00 元

目　录

天鹅之死

天鹅之死是一段水的渴意
嗜血的姿势流出海伦
天鹅之死是不见舞者的舞蹈
于不变的万变中天意自成

或仅是一种自忘在众物之外
一个影子摇晃一座空城
使六面来风受困于幽谷
使开过两次的情窦披露隔夜之冷

谁升起，谁就是暴君
战争的形象在肉体中逃遁
抚摸呈现别的裸体
——丽达去向不明

1983.9.6 成都

阳光中的苹果树

我不想窥视这穿越幻觉的血肉，
让变黑的水果烧焦牛奶，
切开之前，十分钟的落叶。
牛羊坠地，但好像还待在天空中吃草。

寂静，一棵远树，更远的阳光。
仅有影子的少年潜到深水里去了，
手臂的波浪摆动着夏天。
日子猛烈而倾斜。

成熟从话语的结束开始，
直到干涸的嘴唇进入果实，
一夜之间，全部掉下。
活着，醒着，黯然神往。

遍地无风的白夜的温柔。

皮肤行走于七月流火，
但灵魂并不热烈。
在骨子里世界什么也不是。

从中切开，记忆的阴暗面。
童年就是距离和空想。
几个男孩跳起，或爬上众树，
那时所有的水果都高不可及。

二十年的悬挂，我仰起了头。
没有什么比看到水的火焰，
并将切割黄金的刀锋置于其内，
更精确，更寒冷。

1985.6 成都

肖斯塔科维奇：等待枪杀

他整整一生都在等待枪杀
他看见自己的名字与无数死者列在一起
岁月有多长，死亡的名单就有多长

他的全部音乐都是自悼
数十万亡魂的悲泣响彻其间
一些人头落下来，像无望的果实
里面滚动着半个世纪的空虚和血
因此这些音乐听起来才那样遥远
那样低沉，像头上没有天空
那样紧张不安，像骨头在身体里跳舞

因此生者的沉默比死者更深
因此枪杀从一开始就不发出声音

无声无形的枪杀是一件收藏品

它那看不见的身子诡秘如莫斯科
一张叵测的脸时而是领袖，时而是人民
人民和领袖不过是些字眼
走出书本就横行无忌
看见谁眼睛都变成弹洞
所有的俄罗斯人都被集体枪杀过
等待枪杀：一种生活方式

真正恐怖的枪杀不射出子弹
它只是瞄准
像一个预谋经久不散
一些时候它走出死者，在他们
高筑如舞台的躯体上表演死亡的即兴
四周落满生还者的目光
像乱雪落地扰乱着哀思

另一些时候它进入灵魂去窥望
进入心去掏空或破碎
进入空气和食物去清洗肺叶
进入光，剿灭那些通体燃亮的逃亡的影子

枪杀者以永生的名义在枪杀
被枪杀的时间因此不死

一次枪杀永远等待他
他在我们之外无止境地死去
成为我们的替身

1986.4 成都

手枪

手枪可以拆开
拆作两件不相关的东西
一件是手，一件是枪
枪变长可以成为一个党
手涂黑可以成为另一个党

而东西本身可以再拆
直到成为相反的向度
世界在无穷的拆字法中分离

人用一只眼睛寻求爱情
另一只眼睛压进枪膛
子弹眉来眼去
鼻子对准敌人的客厅
政治向左倾斜
一个人朝东方开枪

另一个人在西方倒下

黑手党戴上白手套
长枪党改用短枪
永远的维纳斯站在石头里
她的手拒绝了人类
从她的胸脯拉出两只抽屉
里面有两粒子弹，一支枪
要扣响时成为玩具
谋杀，一次哑火

1985.11 成都

整个天空都是海水

海洋是晴空，陆地是阴天
层层气候裹住万物
乌云和小麦在面包中翻滚
我们耕耘肉体，收获灵魂
把玉米一直种植到大海边
斥退丰收，让海浪汹涌
让海的深蓝色覆盖月色
让新月的嘴唇永远闭上
它刚刚还在诉说一颗无边跳动的心
而在月圆时，在一天的百年里
我们世世代代的眼睛噙满热泪
从一只鸟的遗骸看见盛大的鱼群
整个天空都是海水

1986.9.7 秦皇岛

公开的独白
——悼念埃兹拉·庞德

我死了，你们还活着。
你们不认识我就像从不认识世界。
我的遗容变作不朽的面具
迫使你们彼此相似
没有自己，也没有他人。
我祝福过的每一颗苹果
都长成秋天，结出更多的苹果
和饥饿。
你们看见的每一只飞鸟都是我的灵魂。
我布下的阴影比一切光明更肯定。

我最终的葬身之地是书卷。
那儿，你们的生命
就像多余的词被轻轻删去。
上帝如此简单，只须简单地说出，

然后忘掉。
所有的眼睛只为一瞥睁开。
没有我的歌，你们不会有嘴唇。
但你们唱过并将继续传唱的
只是无边的寂静，不是歌。

1986.10.3 重庆

纸上的秋天

秋天和月亮来到纸上。
分手的人们相见如初，
重新迷恋日出时的理想，
日落时散步，叹息天空的深邃。

这是一个正在结束的秋天，
但在开始之前，有更远的开始
通向一个尚未开始的纪念。
那儿，墨水被秋风写遍。

而我微笑着，吹去眼中之灰烬，
以一本书的速度阅读暗物质，
快到天明时，停住，回眸
白夜和沥青夺眶而下。

未来因古代而灿烂，

城市从肉体流向笔端。
但在乡村，在今天的去年
婴孩和果实不停地掉落。

种子无声，随意挥洒，
星空像旷野一样有人走动。
尽管秋色吹起了千里外的笛子，
我还是能听到光，寂静，或逝者。

1986.10.16 成都

冷血的秋天

一夜大风吹掉月亮，
墨水和蜡烛烧焦了土地。
眼睛里的火，几乎全是水，
田野漂浮在向下的阴沉里。

向下，一只鸟陷入人形。
它所承受的并不是收获，
却使收获显得触目。
一粒谷子的重量压迫了生活。

所有铅笔中的一支写颓了。
年轻的墨水换了一副面孔，
不在纸上哭，而是在黄金里痛哭，
但这颗浩渺的寸心不被传颂。

活着就得独自活着，

并把喊叫变成安静的言词。
何必惊扰世世代代的亡魂，
它们死了多年，还得重新去死。

1987.11 成都

美人

这是万物的软骨头的夜晚，
大地睡眠中最弱的波澜。
她低下头来掩饰水的脸孔，
睫毛后面，水加深了疼痛。

这是她倒在水上的第一夜，
隐身的月亮冰清玉洁。
我看见风靡的刮起的苍白
焚烧她的额头，一片覆盖！

未经琢磨的钢琴的颗粒，
抖动着丝绸一样薄的天气。
她是否把起初的雪看作高傲，
当泪水借着皇冠在闪耀？

她抒情的手为我们带来安魂之梦。

整个夜晚漂浮在倒影和反光中
格外黑暗，她的眼睛对我们是太亮了。
为了这一夜，我们的半生将瞎掉。

然而她的美并不使我们更丑陋。
她冷冷地笑着，我们却热泪横流。
所有的人都曾美好地生活过，
然后怀念，忧伤，美无边而没落。

1988.4.14 成都

一夜肖邦

只听一支曲子，
只为这支曲子保留耳朵。
一个肖邦对世界已经足够。
谁在这样的钢琴之夜徘徊？

可以把已经弹过的曲子重新弹奏一遍，
好像从来没有弹过。
可以一遍一遍将它弹上一夜，
然后终生不再去弹。
可以死于一夜肖邦，
然后慢慢地、用整整一生的时间活过来。

可以把肖邦弹得好像弹错了一样。
可以只弹旋律中空心的和弦，
只弹经过句，像一次远行穿过月亮，
只弹弱音，夏天被忘掉的阳光，

或阳光中偶然被想起的一小块黑暗。
可以把柔板弹奏得像一片开阔地，
像一场大雪迟迟不肯落下。
可以死去多年但好像刚刚才走开。

可以把肖邦弹奏得好像没有肖邦。
可以让一夜肖邦融化在撒旦的阳光下。
琴声如诉，耳朵里空有一颗心。
根本不要去听，心是听不见的，
如果有人在听肖邦就转身离去。
这已经不是他的时代，
那个思乡的、怀旧的、英雄城堡的时代。

可以把肖邦弹奏得好像没有在弹。
轻点再轻点
不要让手指触到空气和泪水。
真正震撼我们灵魂的狂风暴雨
可以是
最弱的，最温柔的。

1988.11 成都

寂静

站在冬天的橡树下我停止了歌唱
橡树遮蔽的天空像一夜大雪骤然落下
下了一夜的雪在早晨停住
曾经歌唱过的黑马没有归来
黑马的眼睛一片漆黑
黑马眼里的空旷草原积满泪水
岁月在其中黑到了尽头
狂风把黑马吹到天上
狂风把白骨吹进果实
狂风中的橡树就要被连根拔起

1990.9.4 成都

墨水瓶

纸脸起伏的遥远冬天，
狂风掀动纸的屋顶，
露出笔尖上吸满墨水的脑袋。

如果钢笔拧紧了笔盖，
就只好用削过的铅笔书写。
一个长腿蚊的冬天以风的姿势快速移动。
我看见落到雪地上的深深黑夜，
以及墨水和橡皮之间的
一张白纸。

已经拧紧的笔盖，谁把它拧开了？
已经用铅笔写过一遍的日子，
谁用吸墨水的笔重新写了一遍？

覆盖，永无休止的覆盖。

我一生中的散步被车站和机场覆盖。
擦肩而过的美丽面孔被几个固定的词
覆盖。
大地上真实而遥远的冬天
被人造的 220 伏的冬天覆盖。
绿色的田野被灰蒙蒙的一片屋顶覆盖。

而当我孤独的书房落到纸上，
被墨水一样滴落下来的集体宿舍覆盖，
谁是那倾斜的墨水瓶？

1990.12.17 成都

星期日的钥匙

钥匙在星期日早上的阳光中晃动。
深夜归来的人回不了自己的家。
钥匙进入锁孔的声音，不像敲门声
那么遥远，梦中的地址更为可靠。

当我横穿郊外公路，所有车灯
突然熄灭。在我头上的无限星空里
有人捏住了自行车的刹把。倾斜，
一秒钟的倾斜，我听到钥匙掉在地上。

许多年前的一串钥匙在阳光中晃动。
我拾起了它，但不知它后面的手
隐匿在何处？星期六之前的所有日子
都上了锁，我不知道该打开哪一把。

现在是星期日。所有房间

全部神秘地敞开。我扔掉钥匙。
走进任何一间房屋都用不着敲门。
世界如此拥挤，屋里却空无一人。

1991.8.23 成都

空中小站

下午，我在途中。
远方的小火车站像狼眼睛一样闪耀。

火车站并不远，天黑前能够到达。
我要去的地方是没有黑夜的城市。
警察局长的办公桌放在空无一人的
广场中央，大街上的行人是雕塑，
密探的面孔像雨水在速写的墨水中
变成深色。汽笛响过后
无人乘坐的火车
开出车站，我错过了开车的时间。

有一座上层建筑，顶端是花园。
有一个空中小站，悬于花园之上。
有一段楼梯，高出我的视野。
有一次旅行，通向我对面的座位。

而我从未去过的城市，狂欢的
露天晚宴持续到天明，吹了一夜的风
突然停止，邮件和人事档案漫天飘落。

下午，我在途中。
远方有一个
高于广场和上层建筑的空中小站。

1992.2.15

茨维塔耶娃

带来爱情的三只橘子在枯枝间奔跑。
空出两个座位的俄罗斯马车，停在浓雾
像兔子的两只耳朵偏离面孔的地方。
前胸袒露，没有真正的胸针。
花簇在头上像一场雪崩。傍晚
我看见穿红色登山服的人们
怀抱落日从起风的山腰刮了过去。
山顶在屋顶后面，并不十分遥远。

短促的句子。婚礼上
新郎神秘地失踪，人们团团围住的新娘
穿戴仿制的项链和金手镯。
她不相信自己会长大到 21 岁，
对所有的已知事物她都佯装不知。

三只爱情的橘子，她只能得到一只。
也许比一只还少：心分成两半，
它是用蜡做成的。

1992.3.18 成都

晚餐

香料接触风吹
之后，进入火焰的熟食并没有
进入生铁。锅底沉积多年的白雪
从指尖上升到头颅，晚餐
一直持续到我的垂暮之年。
不会
再有早晨了。在昨夜，在点蜡烛的
街头餐馆，我要了双份的
卷心菜，空心菜，生鱼片和香肠，
摇晃的啤酒泡沫悬挂。
清账之后，
一根用手工磨成的象牙牙签
在疏松的齿间，在食物的日蚀深处
慢慢搅动。不会再有早晨了。
晚间新闻在深夜又重播了一遍。
其中有一则讣告：死者是第二次

死去。
短暂地注视，温柔地诉说，
为了那些长久以来一直在倾听
和注视我的人。我已替亡灵付账。
不会再有早晨了，也不会
再有夜晚。

1992.6.15 成都

电梯中

电梯就要下降，苹果递了过来
作为对想象力的补充。挤出人群
你就能进来。要是上班到得太早，
苹果还在树上，正如新一代拒绝成长。

你以为电梯下降时他们会留在天空中？
要是你上班来迟了，就索性再迟一些。
接班的含义是，两个紧紧相挨的座位
彼此交换了运气和门牌号码。

权力有一张终于被忘记的脸，
它是从打了记号的扑克中挑选出来的。
一个挣钱比别人多的人总是缺钱花，
当他开始欠钱，就会变得阔绰起来。

你脸上的微笑是胶水粘上去的，

我能从中闻到一股化学变化的气味。
你哭泣的样子像是假装在哭泣，
你真的以为泪水是没有骨头的吗？

带上你的女儿，美容院
能从她的美貌去掉不断成长的美。
但是剩下的依然在成长，衰老不过是
美在变得更美时颤栗了。

这一切只能从心灵去解释。
整座城市压在你的身上，超出了
心脏病的重量。为什么是在天空中？
苹果突然坠落，电梯来不及下降。

1993.2.7 成都

另一个夏天

遗忘：越来越甜蜜的年龄。
它的嘴唇覆盖我的歌唱和肢体。
我已沉默。回答是翅膀，询问
是根。逃亡者的天空和囚犯的大地。
遗忘有助于年轻一代的生长，这是一个
倒着计数、倒着吃甘蔗的
衰老过程。到处相似的甘蔗园，越是甜蜜
就越是衰老。它所保存的水分
比给予的更多。晒够了太阳，天开始下雨。
雨伞遮住城市的楼顶晾台。
在乡下，一场风暴被连根拔起！

晨曦和落日，已不是最初的。
赞美的脚步像一只偷吃蜜糖的棕熊，
把螫人的双手隐藏在高高举起的玫瑰花丛。

怎么都行：可以在花瓶伸出的颈子上放弃脑袋，
也可以在装饰化的点心里像蜜蜂
脱掉衬衣。手拂去灰尘。
我感到一个变得干燥的雨后的天空
碰到我的面颊，像盐撒下
伤口一样大小的沙漠，像回答
面对询问，像翅膀处于根的上升之中。
夏天的看不见的供水系统，
把一只狂饮无度的杯子放在我的手上。
我感到我的骄傲不够用——
如果你对正在成为“是”的一切说“不”，
如果你回到最初的沉痛。

注视的、闭上的
眼睛。如此多的劝告和宽限。
但是惩罚的脚步比结局更快地来到桌面，
表明人们对世俗欢乐的向往
是多么急迫：他们将固执己见。
现在只能由惩罚本身对惩罚加以阻拦。
这会带来新的运气。因为从未排演的

是格外凉爽的，当我们
在闷热的午后走到树荫下面，
将剧情中的几个次要角色包括进来。
而真正的头面人物是不会露面的，
他总是在座位靠后的某个地方独自观看
和空想，为搬上舞台的生活捐钱。
待在一加一的简单生活里会显得比较乐观。
但是悲观的抒情的肉体却更为雄辩，
它拒绝了人类天性的引导，
长久地沉溺于对未知事物的迷恋。

回家时搭乘一辆双轮马车是多么浪漫！
但也许搭计程车更为方便，其速度
符合我们对死亡的看法。永远不会太晚，
即使一场车祸把我们堵在那里，
即使下一次奇遇还要等上二十年。
现在缺少的只是一顿凉风习习的晚餐
和一个飞机场，上帝将神秘地降落，
而我依然不能看见
我自己。我已订好了秋天的回程机票。

是的，怎么都行。四十七岁的夏天
挥手招来雪花，像二十七岁那么美，
那么茫然，超出了我的有生之年。

1993.7.2 华盛顿

哈姆雷特

在一个角色里待久了会显得孤立。
但这只是鬼魂，面具后面的呼吸，
对于到处传来的掌声他听到的太多，
尽管越来越宁静的天空丝毫不起波浪。

他来到舞台当中，灯光一起亮了。
他内心的黑暗对我们始终是个谜。
衰老的人不在镜中仍然是衰老的，
而在老人中老去的是一个多么美的美少年！

美迫使他为自己的孤立辩护，
尤其是那种受到器官催促的美。
紧接着美受到催促的是篡位者的步伐，
是否一个死人在我们身上践踏他？

关于死亡，人只能试着像在梦里一样生活。

（如果花朵能够试着像雪崩一样开放。）
庞大的宫廷乐队与迷迭香的层层叶子
缠绕在一起，歌剧的嗓子恢复了从前的厌倦。

暴风雨像漏斗和漩涡越来越小，
它的汇合点直达一个帝国的腐朽根基。
正如双子星座的变体登上剑刃高处，
从不吹拂舞台之外那些秋风萧瑟的头颅。

舞台周围的风景带有纯属肉体的虚构性。
旁观者从中获得了无法施展的愤怒，
当一个死人中的年轻人被鞭子反过来抽打，
当他穿过血淋淋的统治变得热泪滚滚。

而我们也将长久地，不能抑制地痛哭。
对于我们身上被突然唤起的死人的力量，
天空下面的草地是多么宁静，
在草地上漫步的人是多么幸福，多么蠢。

1994.12.8 华盛顿

去雅典的鞋子

这地方已经待够了。
总得去一趟雅典——
多年来，你赤脚在田野里行走。
梦中人留下一双去雅典的鞋子，
你却在纽约把它脱下。

在纽约街头你开鞋店，
贩卖家乡人懒散的手工活路，
贩卖他们从动物换来的脚印，
从春天树木砍下来的双腿——
这一切对文明是有吸引力的。

但是尤利西斯的鞋子
未必适合你梦想中的美国，
也未必适合观光时代的雅典之旅。

那样的鞋子穿在脚上
未必会使文明人走向荷马。

他们不会用砍伐的树木行走，
也不会花钱去买死人的鞋子，
即使花掉的是死人的金钱。
一双气味扰人的鞋要走出多远
才能长出适合它的双脚？

关掉你的鞋店。请想象
巨兽穿上彬彬有礼的鞋
去赴中产阶级的体面晚餐。
请想象一只孤零零的芭蕾舞脚尖
在巨兽的不眠夜踮起。

请想象一个人失去双腿之后
仍然在奔跑。雅典远在千里之外。
哦孤独的长跑者：多年来
他的假肢有力地敲打大地，

他的鞋子在深渊飞翔——

你未必希望那是雅典之旅的鞋子。

1995.2.9 华盛顿

感恩节

1

从火星人的窗口看不出昨夜的雪
是真的在下，还是为蜜月旅行
搭的一片纸风景。这是感恩节，
死者动身去消化不良的火星，
赴生前的火鸡婚礼。相对论的时间
以冰镇和腌制两种速度迎风招展。

上帝是接线员，你可以从本地电话局
给外星人打电话。警车快得像刽子手
快追上子弹时转入一个逆喻，
一切在玩具枪的射程内。车祸被小偷
偷走了轮子，但你可以用麻雀脚
捆住韵脚行走，越过稻草人的投票

直接去见弹弓王。整体不过是
用少数人的零去乘任何多数，包括
鬼魂的多数。手铐将会铐上两次，
一次作为零，一次作为无穷多。
但双手总是能挣脱出来：你给了死者
一个舞台，却让台下的椅子空着。

本地人搬走了那些椅子。足球场
飞向按月付费的天空，没有守门员。
多么奇异的比赛：鸟儿碰到网
改变了飞翔的性质。鱼自动跃出水面
咬住修辞的饵。你是去火星旅行，
中途停下来垂钓。哦变化的风景

从一个女儿身变出了这么多
美人鱼，却从小不穿裙子，
宁可被穿裤子的云远远看作
舞蹈的水，一种踮起足尖的凝视，
高出变对不变的理解。没有人否定
完全地沉浸于感官之美是多么侥幸。

因为美总是带点孩子气。新婚之夜
新郎装扮成老人，真的就老了，
除非新娘从水仙花的摇曳
分离出一个皇后，或一只金丝鸟，
两者都带有手工制作的不真实之美，
却比真的还真，不受炼金术支配。

2

从帝国的时间表看不出小镇落日
是否被睡在闹钟里的加班小姐
拨慢了一小时。火星人的鞋子
商标上写着“中国造”。瞧那杂货老爹
他把玩具枪递给死人伸出的手，
轮到真枪时子弹打光了。剃了阴阳头

你才会去买帽子。这是感恩节，
海上升如苹果树，天空中到处是海水。
你一个猛子扎下去：这口气要憋

就憋个够，但不如换一口气从鸟类
飞入沙丁鱼罐头。你可以在鳕鱼身上
把自我像鱼刺一样吐出。海的肺活量

通过天线网透气。带插孔的处女夜
露出拇指般大小的秃头歌王，
他用力掐住歌剧的脖子。面包屑
撒向饥饿的广场，录音师从长枪
退出短枪：该怎样说服一个刺客
去听格伦·古尔德先生的左倾巴赫

而不是去听右撇子肖邦？如果钢琴家
是国王，他会不会在廉价成衣店推销
他的耳朵，那厌倦的、塞满了象牙
和水泥的耳朵？哦亲爱的，事情可笑
就可笑在连一只餐巾纸做的狗熊
也会哭，也会道晚安和珍重。

二者之一将广为人知：火车
有一个电动玩具的大男孩心脏，

车站却被扔出了太空，像方法论的鞋
至今没有落到皮鞋匠的头上。
重要的不是谁仍然在那里，而是
谁已经不在了。想坐下但没有椅子。

这是感恩节。失踪多年的新郎从火鸡
变出来，但新娘嫁给了鳕鱼。蜡烛
在灯火通明的水底世界用鳃呼吸，
火星人吹灭头脑里的微观事物。
多年来，你独自在地球上旅行。
没有人问：为什么不去火星？

1995.2.24 华盛顿

男高音的春天

我听到天上的歌剧院
与各种叫法的鸟儿待在一起
耳朵被一场运动扔向街头

从所有这些搬出歌剧院的椅子
人们听到了天使的合唱队
而我听到了歌剧本身的死亡

一种多么奇异的寂静无声
歌剧在每个人的身上竖起耳朵
却不去倾听女人的心

对于变心的女人我不是没有准备
合唱队就在身旁
我却听到远处一只孤独的小号

在天使的行列中我已倦于歌唱
难以恢复的美如此倦怠
嗓子里的野兽顺从了春天

我听到婴孩的啼哭
被春天的合唱队压了下去
百兽之王在掌声中站起

但是远远在倾听的并非都有耳朵
歌剧的耳朵被捂住
捂不住的被割掉

有人把割下来的耳朵
献给空无一人的歌剧院
椅子从舞台升上天空

是女人的手把耳朵扭转过来
从春天的狂热野兽扭转到一个婴孩
——这是下一代的春天

1995.2.25 华盛顿

谁去谁留

黄昏，那小男孩躲在一株植物里
偷听昆虫的内脏。他实际听到的
是昆虫以外的世界：比如，机器的内脏。
落日在男孩脚下滚动有如卡车轮子，
男孩的父亲是卡车司机，
卡车卸空了
停在旷野上。
父亲走到车外，被落日的一声不吭的美惊呆了。
他挂掉响个不停的行动电话，
对男孩说：天边滚动的万事万物都有嘴唇，
但它们只对物自身说话，
只在这些话上建立耳朵和词。
男孩为否定物的耳朵而偷听了内心的耳朵。
他实际上不在听，
却意外听到了一种完全不同的听法——
那男孩发明了自己身上的聋，

他成了飞翔的、幻想的聋子。
会不会在凡人的落日后面
另有一个众声喧哗的神迹世界？
会不会另有一个人在听，另有一个落日
在沉落？
哦，踉跄的天空
大地因没人接听的电话而异常安静。
机器和昆虫彼此没听见心跳，
植物也已连根拔起。
那小男孩的聋变成了梦境，秩序，乡音。
卡车开不动了
父亲在埋头修理。
而母亲怀抱落日睡了一会儿，只是一会儿，
不知天之将黑，不知老之将至。

1997.4.12 斯图加特

时装街

从杂志封面看不出模特的腿
是染上香港脚的木头呢还是印度香
在旅途中形成的伦敦雾。海关在考虑美。
官员摘下豹纹滚边的墨镜：怎么连乌托邦
也是二手的？撕去封面后，模特的腿
还在原来那儿站着没动，只是两条
换成了四条。跛，在某处追上了跑。
那快嘴叫了辆三轮去逛时装街，
哦一气呵成的人称变化，满世界的新女性
新就新在男性化。穿得发了白的黑夜
在样样事情上留有绣花针。你迷恋针脚呢
还是韵脚？蜀绣，还是湘绣？闲暇
并非处处追忆着闲笔。关于江南之恋
有回文般的伏笔在蓟北等你：分明是桃花
却里外藏有梅花针法。会不会抽去线头
整件单衣就变成了公主的云，往下抛绣球？

云的裤子是棉花地里种出来的，转眼
被剪刀剪成雨：没拉链能拉紧的牛仔雨，
下着下着就晒干了，省了买熨斗的钱。
用来买鸭舌帽吗？帽子能换个头戴，
路，也可以掉过头来走：清朝和后现代
只隔一条街。华尔街不就是秀水街吗？
秧歌一路扭了过来。奇遇介乎卡其布
和石磨蓝之间，只能用一种水洗过的语言
去讲述，一种晒够了太阳的语言。
但丝绸的内衣却说着从没缩过水的
吴侬软语——手纺的，又短了两寸的风
一寸一寸在吹：没女人能这般女人。
礼貌刚好遮住了膝盖，不过裙摆
却脱了线，会不会是缝纫机踩得太快？
你简直就不敢用那肺病般的甩干机
去甩你的湿衬衣。皱巴巴的天空
像是池塘里捞起来似的晾在那里，
晾干之后，叠起来放成一叠。
没有天空能高过鞋带，除非那鞋
系不紧鞋带，露出各种脚趾的手电光。

难怪出过国的小女人把马蹄铁
往脚后跟钉。在内地，她们嫌卫生脏，
手洗过的衣裳，又用洗衣机重新洗。
但月光是肥皂洗出来的吗？要是衣裳
是牛奶和纸做的衣裳，哦要是
女人们想穿但必须洗一遍才穿。
请准许美直接变成纸浆。是风格
登台表演的时候了，你得选择说“再见”
还是说“不”。美貌在何种程度上是美德，
又在怎样的叫好声中准许坏？没有美
能够剩下美。因为时间以子弹的精确度
设计了时尚，而空间是纯粹的提问，被
扳机慢慢地向后扣。美留有一个括弧，
包括好奇心，包括被瞄准的在或不在，
全都围绕神秘的“第一次”舞蹈起来。
而那也就是最后一次。想想美也会衰老
也会胃痛般弯下身子。夜晚你吃惊地看到
蜡烛的被吹灭的衣裳穿在月光女士身上
像飞蛾一样看不见。穿，比不穿还要少。
是不是男人们乐于看到那脱得精光的

教条的裸体？而毫不动心的专业摄影师
借助性的冲突，使一个冒名和替身的世界
像对焦距一样变得清晰起来。但究竟是
看见什么拍下什么，不是拍下什么
他才看到什么：比如，那假钞，那钥匙？
突然海关就放行了。哦如果
港台人的意大利是仿造的，就去试试
革命党人的巴黎。瞧，那意识形态的
皮尔卡丹先生走来了，以物质
起了波浪的跨国步伐，穿着船形领
或 V 字领的 T 恤衫。瞧那老派
殖民主义的全副武装，留够了清白
和体面，涂黑了天使，开口就讲黑话。
那敌我不分的黑，那男女同体的黑，
没有一个人能单独晒得那么黑。
太阳呆着像个哑巴。

1997.5.3 斯图加特

毕加索画牛

接下来的两个星期毕加索在画牛。
那牛身上似乎有一种越画得多
也就越少的古怪现象。
“少，”艺术家问，“能变成多吗？”
“一点不错，”毕加索回答说。
批评家等着看画家的多。

但那牛每天看上去都更加稀少。
先是蹄子不见了，跟着牛角没了，
然后牛皮像视网膜一样脱落，
露出空白之间的一些接榫。
“少，要少到什么地步才会多起来？”
“那要看你给多起什么名字。”

批评家感到迷惑。
“是不是你在牛身上拷打一种品质，

让地中海的风把肉体刮得零零落落？”
“不单是风在刮，瞧对面街角
那间肉铺子，花枝招展的女士们，
每天都从那儿割走几磅牛肉。”

“从牛身上，还是从你的画布上割？”
“那得看你用什么刀子。”
“是否美学和生活的伦理学在较量？”
“挨了那么多刀，哪来的力气。”
“有什么东西被剩下了？”
“不，精神从不剩下。赞美浪费吧。”

“你的牛对世界是一道减法吗？“
“为什么不是加法？我想那肉店老板
正在演算金钱。”第二天老板的妻子
带着毕生积蓄来买毕加索画的牛。
但她看到的只是几根简单的线条。
“牛在哪儿呢？”她感到受了冒犯。

1998.9.17 北京

一分钟，天人老矣

一分钟后，自行车老了。
你以为穿裤子的云骑车比步行快些吗？
你以为穿裙子的雨是一个中学教员吗？
一分钟，能念完小学就够了。
一分钟北大，念了两分钟小学。
一分钟英文课，讲了两分钟汉语。
一分钟当代史，两分钟在古代。
半封建的一分钟。半殖民的一分钟。孔仲尼
或社会主义的一分钟。
一分钟，够你念完博士吗？
一小时，一学期，一年或一百年
都在这一分钟里。
即使是劳力士金表也不能使这一分钟片刻停顿。
春的一分钟，上了发条就是秋天了。
要是思春的国学教授不戴瑞士表
戴国产表会不会神游太虚？

一分钟后，的士老了。
公交车的一分钟，半分钟堵了一千年。
北京市的一分钟，半分钟在昌平。
美国梦的一分钟，半分钟是中国造。
全球通的一分钟，半分钟就挂断了。
这喂的一分钟，HELLO 的一分钟。
宇宙
在注册过的苹果里变小了，变甜了。
咬了一口的苹果，符合
本地人对全球化的看法。就这一点点甜，
苹果西红柿在里面，印度咖喱，意大利奶酪
全在里面了。
贝克汉姆也在里面。
一分钟辣妹，甜了半分钟。
一分钟快感，慢了半分钟。
一分钟 OK，卡拉了半分钟。
一分钟，歌都老了，不唱也罢。
但是从没唱过的歌怎么也老了？
叫我拿那些来不及卡拉
就已经 OK 的异乡人怎么办呢？

过了一分钟，火车老了。
又过了一分钟，航空班机也老了。
你以为一分钟的烤鸡翅
能使啃过的事物全都飞起吗？
一分钟，用来爱一个女人不够，
爱两个或更多的女人却足够了。
一分钟落日，多出一分钟晨曦。
一分钟今生，欠下一分钟来世。
一分钟，天人老矣。

2005.1.7 北京

舒伯特

三千里浮花开在静谧如深海的肉身
落花里面的开花之轻，之痛
在玉的深处如瓷器般易碎

坐在铜和碎银子的光学信号里听佛身上的一场雪
佛怀抱里的灰尘安顿下来
词的初月尚未长出铁锈
夜色像刚刚挤过的柠檬一样发涩

而我们坐在一杯柠檬水里听舒伯特
坐在来世那么远的月色里听佛的咳嗽声
以为这就是现世
的至福

并且我们从舒伯特和佛的相对无言
听到了砧板上剁肉馅的声音

以为吃剩的饺子像婴儿一样会哭
即使是佛的心肠也不忍打扰这哭声
即使我们给了这些哭声一个不开花的开关

当落花的泛音从无氧铜泛起
当音乐会的固定座位被塞进一只手提箱
佛身上的他乡人
一起动了归心
鹤，止步于那些胎儿萌动的女人

坐在古代的子宫暗处
坐在底片那么黑的静谧里
一个拉大提琴的统治者和一个不拉的
其中一个仁慈些吗？

请允许我在不是我的那个人身上听舒伯特
从人体炸弹的恐惧深处听舒伯特
带着负罪感听舒伯特
念着孔子曰听舒伯特

请允许我从钢琴取出一具箜篌
从佛的真身取出一个虚无
听一个从未诞生的胎儿
弹奏他的父亲
听一百年前的独裁者弹奏前世今生

一个孤魂演奏的舒伯特
会是什么样子?
十分钟的孤独，他会弹上一百年吗?
要是我们从来就没有听过舒伯特呢?

2007.2.7

在 VERMONT 过 53 岁生日

1

等待一生的八月，九月之后才到来。
先秦的月亮，在弗尔蒙特升起。
一个退思，在光的星期五移动。
庄子朝我走来，
以离我而去的脚步。
云移的脚步，花开的脚步，邮政系统的脚步。

2

一封春秋来信，
至今没有投递到我的手上。
邮差在天空中飞来飞去。
地球那边，你在读信。
还没写的信，你已经读到了我。

一封我拆开了两次的信，你一次也没寄出。
一些预先开花的，将要破土的，空的声音。

3

电话里传来落花般的女高音。
那是你么，把花开到灯里去的声音？
打给 HELLO 的电话，接听的是一个喂。
喂的外面，中餐馆人声鼎沸，
一群食客饿坏了，但厨师是画师，
他将牛排画成水墨，端给看客吃。
一头观念的牛比真的更值钱吗？
刚断奶的单身母亲，把马克思
像奶嘴一样塞进婴儿嘴里，
阻止牛奶发出无产者的尖叫声。
而银行家用头脑里的提款机
一夜之间，提空了内心。

4

在金钱的声音被挂断之后，
诗的声音是什么？
一只神秘的手按下免提键。
现在，手机是广播，
全世界都在听这个声音。
李尔王能听到他的莎士比亚吗？
萨福的月亮，能从李白的月亮
听到庄子化蝶的风吹雪吗？
我能听到另一个我吗？
但在你的铃声响起之前，
只有无止境的，宇宙洪荒般的寂静。

5

可以用生日蜡烛点燃一个无我。
可以把明信片上的纸火焰
从古中国快递到黄昏的弗尔蒙特。
可以借蝴蝶夜的灰尘，轻盈一吹。

可以吹灭我的心。
心那么易碎，那么澎湃，可以和宇宙
构成一个尖锐，
一个小，无限大的极小。
一个 53 年的十亿光年。

6

如果只有一个过去，我就是这个过去。
如果我的现在有五百个过去，
那么一个现在我都没有。
你呢，你有第二个现在吗?
或许，你在你不在的地方，而我不是
我是的人。我有两个旧我，其中一个
刚刚新生：一个 53 岁的
吾丧我。

7

一条鱼躺在晚餐的盘子里，

被刀切过，被炉火烤过。
这是一个发生。
同一条鱼从河里游到电脑界面，
以超现实的目光看着我。
这也是一个发生。
人可以演奏鱼的音乐么，
从物种的同一性演奏出一个悖反？
比如，将盘子里的鱼演奏成厨师，
将水中鱼演奏成一个哲学家。
但是庄子在演奏更神秘的生命，
一条烤熟的鱼，在天空中游动起来。

8

宇宙是科学老人的玩具。
孩子们站在地球仪上要糖吃。
一个梦的工程师，转动这只地球仪，
并将乌托邦转手给天边外的鹤。
一只鹤，即使是纸的，也在天空中飞，
即使看起来像工程吊臂，也在舞蹈，

用足尖踮起心之鹤形。
庄子骋怀纵目，以鹤作为引导。
而你将鹤止步放进万马齐奔，
并以水仙般的鹤立，支起一个梦工地。

9

人置身于桃花源，桃花就凋落了。
拥有太多末日和诞生，时间就消失了。
痛，也消失了。一只电钻
在大地的龋齿上钻洞。
神经末梢的听觉之痛，将牙科诊所
安放在地球的寂静深处。
每天，钻头，在痛的深处加深几毫米。
要是再深一些，人心，就能深及地心，
喷泉般，喷涌出一个璀璨的地下天空，
一株天体物理的火树银花。

10

庄子的胡须在秋风中飘动。
这只是史蒂文斯头脑里的一个幻象。
我递过一个电动剃须刀。
现在，我们三个人的三个下巴
有了同一颗电池的心：时间转动，
反时间也在转动。庄子的月亮
被退回先秦。我每天使用剃须刀。
古代是我的现代，而我只是一个仿古。

11

驻足于隔世的月光，我等待你的足音，
等待一个刹那溢出终极性。
我真的到过弗尔蒙特吗？
一米之遥，人已在千里外的异乡。
夜空中，我看不见一棵松树，
但松果漫天掉落。生命
也这样掉落，像一只中国古瓮。

空，落地，我俯身拾起无限多的空。
每一片具体的碎片里，都有一个抽象。
词和肉体，已逝和重现，拼凑
并粘连起来，形成一个透彻。
世界回复最初的脆弱
和圆满，今夜深梦无痕。
但古瓮将又一次摔落。

2009.9.18

母亲，厨房

在万古与一瞬之间，出现了开合与渺茫。
在开合之际，出现了一道门缝。
门后面，被推开的是海阔天空。

没有手，只有推的动作。

被推开的是大地的一个厨房。
菜刀起落处，云卷云舒。
光速般合拢的生死
被切成星球的两半，慢的两半。

萝卜也切成了两半。
在厨房，母亲切了悠悠一生，
一盘凉拌三丝，切得千山万水，
一条鱼，切成逃离刀刃的样子，
端上餐桌还不肯离开池塘。

暑天的豆腐，被切出了雪意。
土豆听见了洋葱的刀法
和对位法，一种如花吐瓣的剥落，
一种时间内部的物我两空。
去留之间，刀起刀落。

但母亲手上并没有拿刀。

天使们递到母亲手上的
不是刀，是几片落叶。
医生拿着听诊器在听秋风。
深海里的秋刀鱼
越过刀锋，朝星空游去。
如今晚餐在天上，
整个菜市场被塞进冰箱，
而母亲，已无力打开冷时间。

2009.11.9

痒的平均律

痒没有波浪但到处都在涌起。
痒，它的大海，它的针尖。
痒从海鲜提炼出几只长腿蚊，
那种被烈日暴晒的刺绣
和探戈。
我没想到痒会带着人的气味
与动物悄悄接触。
痒的刺，是盐和雪，但甜如夏夜。
痒的蜂蜜，再痛一点就是女王。
痒的水果，能为青春储存水分，
但自身却是一个枯萎。
痒之难忍啊，一部分来自圣诗，
一部分是纯动作，在唇齿间施展花拳
绣腿。
痒没有手指，但浑身在抓挠。
痒没有嘴唇，但内部在咬噬。

被咬的空无，总是咬两次，
一次被火焰所咬，一次被冰。
痒的辽阔
是用微观事物咬出来的。
我没想到小人国的牙齿
能从君王血统
咬出战争般的奴隶的绚烂。
奴儿身的梨花，也被咬成桃花，
这殖民政策的血疑和破绽。
还有那些丁香，痒不痒都开，
那些水仙，开不开都是痒的。
痒鲜艳如许，这忧郁的，热病的
生命之旅啊。
痒了七年，时间已经不痒了，
税务官把妻子的报税单一撕两半，
外交官常年待在外国，统治乡愁和蚊子。
内阁的痒和乡政府的痒，区别何在?
痒都痒到天上去了，没有必要
深耕大地。
但丰收之痒已深深抵达歉收。

人啊，把痒的种子从肉身取出来，
放到头脑里去，放到云深处。
我没想到痒是那么激动，
爱欲的奔马，踏着痒，绝尘而去。
一点血红，竟如此山青水绿。
痒的花样年华，只为异乡人
绽放，
似乎本地的痒之花不值得一开。
痒的灯，不是遥控器能关掉的，
因为痒的黑暗，是太初的黑暗。
痒的锁心，坏了，谁也打不开它。
痒腻透了笑的人生，但又不会哭，
只好坐到笑的深处去坐隐，
去安顿肉身世界的神经兮兮。
痒的过错啊
请不要理会哲学的纠正。
为痒做意识形态的切除术？
让哈姆雷特主刀？他自己也痒呢。
蚊子大人，这嘉年华的吸血鬼，
咬了莎士比亚一口，又去咬孔夫子。

痒过留痕：这带刺的思想，
这乡音和古训的遗留物。
真正猛烈的不是痒的疾风骤雨，
而是
随之而来的无声无息。
痒是听不见的，除非亡灵也在听。
痒：它的合唱，它的伴唱，
以及它月光般的沉默。
痒的太阳，从植物根部升了上来，
带着火箭的燃料和灰烬，
带着男低音的幽暗胸腔。
但在追光下，痒是一个小女孩，
在跳舞。
她踮起足尖，增高了痒的海拔，
又踮起高跟鞋，但还是够不着花露水。
怕痒的药剂师发明了花露水，
却发现自己再也痒不起来。
痒的影子，比抓痒的真身更懂痒。
要是女儿无法止痒，就让母亲更痒。
痒以为

史料被咬出了奇香，咬出了玉。
但被咬的不是你的今生，
是你的古代，是比童话还小的你。
痒就像公主与王子相对而痒，
两个痒在时间之外对秒，也不知
今夕何年。
昨夜，你半夜被咬醒，
伸手就是啪的一下，也不问
那是今夜的，还是来世的痒。
今夜和来世，像两个巴掌拍在一起。
我没想到痒会幽灵般逃走，但又
留在人体内。
痒的流星雨，像箭矢，漫天射落。
我们坐在痒的酒吧，听雨，听巴洛克。
巴赫坐在星空中，弹奏管风琴之痒。
但今夜痒怎么听都欠缺肉体感，
因为调音师不知道什么是痒。

2009.12.28 纽约

梦见老虎

女人像猫一样有九条命
其中一条给了老虎
她们被老虎身上的总括力
迷住了
把家搬到丛林深处
把床挪到睡眠之外
把浴盆放在枯山水之间
夜里　她们躺在星空下
直接梦见老虎
要是老虎
因为被梦见而奔跑起来
美洲会小得像迪斯尼乐园
而少了一条命的猫
以波斯的一票　否决了丛林法则
似乎老虎的命是从亚洲捡来的
死了九次　还活得像是

第一次
普拉斯用猫的九条命
去换武松身上的活老虎
但那不过是
一只活生生的
死老虎
死亡剩下的东西
把老虎的命缩小得像猫
而被猫吃剩的东西
从近东　被扔到远东
裁缝取走了虎皮
郎中取走了虎骨
强盗取走了虎胆
官吏取走了虎牙
（为了更深地咬住这个世界
的咽喉）
大地上最后一个男人
已没有一丝老虎的气息
他们嗓子里的虎啸
被沥青和蟋蟀声盖过

而老虎本人
耸了耸战争的肩膀
在和平条约里签上猫的名字
然后去打高尔夫　去吸毒　去上网
去为虚无建立一个跨国公司
多好的命名
雅虎　布老虎　跳跳虎
连女人也认可它的雅皮
和礼貌
要想君王般谈论老虎变得困难了
所以你们奴隶般谈论它
宠物般　给瓷器上釉般
谈论一只非老虎
仿佛它从未在非洲原野上
狂奔过
仿佛狂奔之虎纯属谣传
它的前爪正伸进一双耐克鞋
它的骨节变成了轴承
它的内脏嵌入一个吸尘器
像玲珑镂空的美国梦

而它的伤口
如树枝上的樱桃　新鲜动人
（再给它几天加州的太阳吧）
当万箭穿心的老虎世界
像猫背一样弓起
女人心
安静得有些异样
大地上最后一只猫咪
在老虎的天鹅绒怀抱中
躺下
老虎身体里的古玉
使女士们　动了冰雪心
她们的儿子照猫的样子画虎
她们的丈夫在马背上骑虎
她们的父亲用天狼星射虎
而她们自己
因老虎的出现而窒息
感到幸福正慢慢围拢　慢慢坍塌
像危险一样
但在危险和坍塌的最高处

老虎已消失不见
大地上最后一只老虎啊
是假新闻和老照片合成的
它已不再吃人　不再被梦见
而人们也已忘记对它说声
谢谢

2010.1.23 纽约

万古销愁

那把狷狂放到隐忍和克服里去的是什么？

那洞悉真理却躲在伪善后面的，是什么？

那见悬崖就纵身一跳，见眼睛就闭上的，是什么？

那因流逝而成为水的，那总是在别处，咫尺之近

但千里远的，究竟是什么？

与你相遇的不是我，也不是非我。

对一秒钟的万古说去吧，离我而去吧。

对最后一丝愤怒说平静下来吧。

对机器哈姆雷特说活过来，和人互换生死吧。

对一夫一妻制说请用阴唇歌唱嘴唇。

对独裁者说奴役我吧但请先学会拉巴赫，

用大提琴拉。

对中产阶级说听巴洛克还是爵士乐悉听尊便。

对资产阶级说请闭上眼睛听钢琴。

对自由说亲爱的我拿你往哪儿搁呢？

对牙科医生说痛的不是牙齿，是心。

对杀人犯说杀了我吧，连同反我，连同我身上的死人和上帝

一起杀。

见刀子就戳，见梦就做，见钱就花。

花红也好，花白也好，都是花旗银行的颜色。

见花你就开吧。花非花也开。

而花心深处，但见花脸，花腔，不见一缕花魂。

见杯子就两两相碰吧。空对空也碰。

一碰就碎

你也碰。

酒不必酿造。粮食不必丰收。文章不必写。

官呢，官也不必做吗?

见女儿你就生吧。用水，用古玉和子宫生。

一个子宫不够，就用五个子宫生。

母亲不够生，就用奶奶外婆生。

女人不够生，就让男人一起生。

想叫你就叫出来吧，人的肺腑叫没了，就把狼群掏出来叫。

痛不够叫，就用止痛片叫。

扔掉助产士，扔掉产房，要生就生在旷野上。

但那用房子造出来，而不是子宫生的，是谁的婴儿？
谁把她建造得像摩天大楼？
是用一万年乘一次电梯，还是让十分钟的雪下一万年？
下雪时，你不在雪中，但雪意会神秘地抵达，像黑暗一样。
把手伸进阳光，你会触碰到这黑暗，这雪，
这太息般的寒冷啊。
十分钟的古往今来。
这样的万古销愁，是你要的吗？

2010.1.27 纽约

江南引

前世的花，能开出今生这片月光吗？
一朵花，暗藏起自己的天姿，
把大城市塞进小村庄去绽开。
北漂的人，不写江南文章，
因为花的眼，睁眼一看是个盲人。
月光，上釉般覆盖大地的失眠夜。
这漫漫长夜呵，
一对男耕女织的书生，
走出经济学的魅惑，驻步六朝，
对建安七子说：前世并非先于来世，
而是紧随今生之后。
词与肉身相互催促，推迟了时限。
这读秒的古代，能拿它当花开吗？
一朵水仙，偏要开在睡莲里，
一个春药般的男人，一纸春色，
偏要问：春风怎么吹才不绿？

心，有的是时间把自己变小。
新人深及旧爱，但你的手怎么伸出
也无手。是谁，潋滟地掏出户口本，
以为你不是你曾是的那人，
那个思想的走私贩，那个酗酒者，
那个对花粉过敏的园艺师？
人呵，怎么才能成为自己身上的陌生人？
眼前这片小农经济混沌未开，
这片水泥的大海一直铺到书桌上，
沥青的波浪，因水墨而散了怀抱。
会计在刀锋上等着卷刃的全球化。
但是，人的痛在哪里呢？
这针尖的痛，没它，人凭什么飞翔？
凭什么，如此壮阔地自我赞美，
却又更彻底地自我反对？
古代路过当代，朝橱窗里
望了望：模特可真多，但美人安在？
锦绣文章，笔法和刀法如旧。
沿街的墙上，孔雀被用来涂鸦，
海豚把女高音的嗓子抖了出来，

夜莺，努力想唱得像一只夜莺，
忘记自己本来就是。
脸一脚踩空之后，突然转过背影，
但那还是一个背影。
若非落花，如何开出真花？
花开到最后是一颗人心。
不开心的，也就开败了肉身。
如果众花打不开自己，就成了小五金：
词的合金，以及教育的螺丝钉。
大千世界，数到一百还是缺少一。
睡在这朵睡莲里的不是你，
醒来的也不是：除非此身是个天外身。
灵魂如此纯洁，不知去往何方。
然而，不纯洁挺好，挺迷人的，
不一定非要纯洁。
去火星吗？海棠花被桃花开错了地方，
还有什么一错再错的女儿身值得一开？
花的衣裳鲜艳动人，还嫌不够穿么，
非要把江南布衣穿上真身，
非要穿出那样一种手工味道，

针脚的味道，虫子咬过的味道。
花的苦行：它的吸引力
在于不知落在谁的手上。
它孤独地闪光。
而我拾起落叶这柄孤剑，
刺入无边的暮色。

2011.5.26

茶事 2011

光，缩了缩水：云的袖子短了。
这山高水远的绿袖子呵，
所有在舌尖上变得嫩绿的物种，
都被小女子的手搓揉过。
满山卷舌音，卷起几片树叶，
在水中，片面张开自己。
底片，已冲洗不出照片。
山河旧了，一碰水又甜了，
甜得有点苦。
水的天，倒插在光的万花筒。
窗景，邮政般融入暮色，但终未
投递到星空。
真静呵，连心动和灰尘
都嫌扰乱。
云的五官，以刻刀的刀法看，像水，
被干旱保存在雪山之巅，

但几缕阳光，就晒得肉身全无。
掉下些时光碎片，其中一片
是谷雨。
隔夜的消息，被用来打听隔世。
袋泡茶，从星际旅行箱扔了出来，
但还是有人偷偷溜出时间，
在陆羽身边落座，把茶经
讲给新闻主播听。
福建人从各省的拆迁户
弄来几把老椅子，往北京一搁。
几个老字号，把牌匾挂在修远处。
茶，是万古事，能在星巴克喝么。
近乎可耻地心有所动，
并且，肮脏地闯进光的搂抱。
晒够了太阳，天开始下雨。
起初沏茶的水就足够下，
但越下越大，
鄱阳湖和太湖开始漏水。
添砖加瓦的水，只有葛洲坝在涨。
而蒸馏水在小女孩眼里闪动，

像灯笼提在手上。
如此忧郁的茉莉花气息呵，
把杯子里的鱼群吹得高出海水。
如果镶了边的落叶既非鱼唇，
也非雀舌，坐在水上的声音
也许是竹子。
就这么从武夷山到秦淮河
移步换景，青山绿水喝下来，
即使春风万般吹也是一叶知秋，
即使西子湖被喝得空杯见底，
也得把三峡的水吐出来，
因为诸神渴了，土地也大片大片
龟裂。
这茶，得和咖啡换一换水喝。
因为在龟的背上，水慢慢变硬，
慢慢变成固体，变成易燃物。
网，慢慢收拢，慢慢提上水面。
射手座
出水即成弓状，
但无人知道挽弓手何在。

而烤熟的鱼待在盘子里
就像待在水里一样是活的，
它不怕火，因为烧过的陶瓷
有成千的隔火层。
茶师傅在一个人身上
对饮成两个人，一死一生。
也不问谁去了，谁还坐在那儿
以云的样子喝功夫茶。
但怎么喝都像是盖碗茶。
入口处，悬搁着一个不眠。
水洗去时间的味道，
褪尽火气和地气。
等了上百年，茶才沏好，
却未必会去山顶喝。

2011.7.11 纽约

苏小小

偷心的男人，以苏小小的名字
去叫每一个不是她的女人
80 后的女孩，以她的样子长大
嫁人时，想要长回自己的原样
却忘记这个原样是谁的

年老后，她们拿科幻脸的苏小小
往自己的脸上长。美，倒过来生长
晚景和童年在某处相遇
彼此置换了时空。每个女人的原貌
被换掉，换成千人一面

就这么拿苏小小的脸往自己脸上长
肉体长不出来的，就拿液体长
拿那些化学成分往脸上一喷
然后，以一代情色男的眼睛

回看自己，从单反镜头看

那样一个苏小小是会把眼睛看坏的
因为美在起源处，以一道幽灵目光
紧盯着现世。没人去查死者的银行账目
即使存入的古币全是伪币
里面的时间也是活的

一生存钱的女人真的有过原生
和原貌，而花钱的女人真的都是
苏小小吗？以金融海归男的来头看
外汇小美人即使不攒古币
也一副古为今用的样子

在南齐，男人把时间的本质
铸造到钱币里，将苏小小赎身出来
但不是每个替身都古色古香
怀孕的女人和分娩的女人
相隔千年，却生下同一个女儿

为这个 90 后的女儿寻找父亲
是徒劳的。苏小小伸出小羊的爪子
碰了碰男人身上的那匹独狼
谁也不否认，她从男人的孤独
提取了男女同体的全副武装

但提取出一座金矿又能怎样
存入黄金的，早已千金散尽
而云的怀里，坐着大片大片的鸟儿
千呼万唤的苏小小啊，你真的在飞
真的摇身一变，成了一个千禧后？

在西子湖畔，古人为本地抽象
造了一个苏小小墓。今人以为自己
看见了苏小小，其实连范冰冰
也不是。星相术拿红颜和青春
两相辜负，然后两忘

易容的女人从未见过苏小小
却以她的样子拍下证件照

并且，以片片飞去的人面桃花
对时间犯下最美丽的罪恶
哦，花心的男人，请全球通缉苏小小

2012.3.17 北京

黄山谷的豹

谢公文章如虎豹，
至今斑斑在儿孙。
——黄庭坚

1

——脚步在 2011 年的北中国移动，
鞋子却遗留在宋朝。
赤脚穿上云游的鞋，
弯下腰，系紧流水的鞋带。
先生说：鞋带系成流水的样子
是错的。
应该系成梅花，或几片雪花。

2

一只豹，从山谷先生的诗章跃出。
起初豹只是一个乌有，借身为词，
想要获取生命迹象，
获取心跳和签名。

3

先生说：不要试图寻找豹。
豹会找你的。
即使你打来电话它也不接，
也没人打电话给一只豹。

4

有人脱下皮鞋，换上耐克鞋。
先生说：别以为穿上跑鞋，
会跑得比豹子快。

5

梦中人丢魂而逃。
我分身给影子，以为剩下的半我
跑起来会轻快些，
抖落一些物的浮华
和心的负重。
但影子深处又涌出第二个，第三个
……成千的影子。
它们索要词的真身。

6

有人一起跑就行，快慢都行，
而我刚好是慢的那个。
在网上商店，我问售货员：
有没有比豹快的鞋子？

7

人在这个世界上奔跑真是悲哀。

往哪儿跑，哪儿都塞车。

即使在外星空跑

也能闻到警车和加油站的气味。

交警给词的加速度开罚单，

而豹，拒绝在罚单上签名。

在证件照上，豹看不见自己。

8

路漫漫兮。

给我一百个肺我也跑不动了。

豹，把人类的肺活量跑光了。

时间被它跑得又老又累，

电和石油，被它跑漏了。

词，即使安上车轮也跑不过豹。

9

时间的形象
在豹身上如石碑静止不动。
众鼠挣脱碑文，卷土而去，
带着连根拔的小农经济，
和秋风里的介词胡须。

10

猫鼠一体，握住小官吏的
刀笔。
如此多的腐鼠和硕鼠
抱成陶瓷的一团，
以一碗水，偷一片天空，
偷吃清汤挂面的水中月。
但碗里的水没有保持海平面，
天空泼溅出来，
摔碎在地上。
镜子的声音，听不见世外。

11

老鼠以为豹在咬文嚼字。
但借雪一听，并无消融的声音。
因为豹在听力深处
埋有更深邃的盲人耳朵。
草书般的豹纹，像幽灵掠过条形码，
布下语文课的秋水平沙。

12

几个小学生用鼠标语言，
坐在云计算深处
与山谷先生对谈。
先生逢人就问：有写剩的宿墨吗？
仿佛古汉语的手感和磨损
可以从一纸鱼书寄过来，
从少年人的迫切脚步
快递给高处的一个趔趄。
先生的手，叠起一份晚报。

13

器物的折旧，先于新闻的折旧。
豹，嗅了嗅白话文的滋味，
以迷魂剑法走上招魂之途，
醉心于万物的蝴蝶夜。
毫不理会
众鼠的时尚。

14

豹，步态如雪，
它的每一寸移动都在融化，
但一小片结晶就足以容身。
一身轻功，托起泰山压顶。

15

豹，不知此身何身。
要么从电的插头

拔出一个沧海横流，
肉身泥沙俱下。
要么为眼泪造一个水电站，
一脸大海，掉头而去。

16

有人转身，看见了浩渺。
泪滴随月亮的圆缺
变大或变小。

17

有人一生都在追逐什么。
有人，追逐什么，就变成什么。
而我的一生被豹追逐。
我身体里的惊恐小鹿
在变作鸟类高高飞起之前，
在嵌入订婚戒指之前，
在变作纸币或选票被点数之前，

会变身一只豹吗？

18

我能把文章写得像豹吗？
写，能像豹那么高贵，迅捷，
和黑暗吗？

19

它就要追上我了，这只
古人的豹，词的豹，反词的豹。
它没有时间，所以将时间反过来跑。
它没有面孔，所以认不出是谁。
它没有网址，所以联系不上它。

20

波浪跑起来不需要鞋子。
豹身上的滚滚尘土卷起刀刃，

云剁去手足，用头颅奔跑。
一只无头豹在大地上狂奔。

21

一只豹，这样没命地跑，为跑而跑，
是会把时间跑光的。它能跑到时间之外，
把群山起伏的白雪跑成银子吗？
银行终究会被它跑垮，文章也将失明。
已经瞎了它还在跑。
声音跑断了，骨头跑断了，它还在跑。

22

除非山谷先生从豹子现身，
让豹看见它自己的本相溢出，
却看不见水和杯子。
除非我终生停笔，倒掉墨水，
关闭头脑里的图书馆，
不读，不写，不思想。

否则豹会一直在跑。

23

一只豹，要是给它迷醉，给它饥饿，
让它狂奔起来，
会是多么美，多么简朴，多有力量
的一个空无。
那种原始品质的，总括大地的空无。

24

这个空无，它就要获得实存。
词的豹子，吃了我，就有了肉身。
它身上的条纹是古训的提炼，
足迹因鸟迹而成篆籀，
嘴里的莲花，吐出云泥和天象。

25

豹的猎食总是扑空。
要有多少个扑空被倒扣过来，
才能折变出
尘归土的一个总的倒转，
以及，词的遗传，词的丢魂，
词的败退和昏厥？

26

人的鞋，对豹子太小了。
那样一种削足适履的形象
不适合黄山谷的豹。
带爪子的心智伸了出来，伸向无限，
又硬塞进诗歌的头脑
和词汇表。
野兽的目光，借人的目光，回头一瞥。

27

人走不到的秘密之地，
变身豹子也得走。
那么，以豹的足力，
将人的定义走完，
走到野兽的一边去。

28

撕裂我吧，洒落我吧，吞噬我吧，豹。
请享用我这具血肉之躯。
要是你没有扑住我，
山谷先生会有些失望——

2012.4.26 北京

苏堤春晓

晒够了太阳，天开始下雨。
第一场雨把天上的水下进西湖。

第一个破晓把春天搂在怀里。
词的花簇锦团在枝头晃动。

词的内心露出婴儿的物象，
人面桃花，被塞到苏东坡梦里。

仅仅为了梦见苏东坡，
你就按下这斗换星移的按钮吧。

但从星空回望，西湖只是
风景易容术的一部分。

西湖，这块水的屏幕

就像电视停播一样静止和空有。

有人在切换今生和来世，
有人把西湖水装进塑料瓶。

切换和去留之间，
是谁的镜像在投射？

世代积累的幽灵目光啊，
看见了存在本身的茫无所见。

词，转世去了古人的当代，
咯噔一声，安静下来。

要是人群中这道幽灵目光不是你，
苏东坡还会是一个暗喻吗？

你愿意对任何人谈起苏东坡，
甚至对没有嘴唇的树木和青草。

捉几只萤火虫放到西湖水底，
看苏东坡手上的暗喻能有多亮。

提着这只暗喻的灯笼
移步苏堤，你能走到北宋去吗？

两公里的苏堤，通向时间深处。
这词的工程：石头是从月亮搬来的。

苏东坡容许苏堤不在天上，
正如词容许物的世界幸存。

西湖被古琴之水弹断之后，
少年人，你又用何处的水弹奏？

本不是衣裳的水穿在身上，
苏小小，世界欠你一个苏东坡。

肉身中燃尽的锦绣山河，
一顿一挫，尽是烈焰的水啊。

百万只眼睛所保存的西湖水，
你把它装进一只眼睛。

因为这是苏东坡的西湖，
谁流它，它就是谁的眼泪。

而踏上苏堤之前，
你先得远走他乡，云游四海。

西湖是眼睛所盛满的最小的海。
苏堤是离天国最近的人间路。

要是你把苏堤直立起来，
或许死后能步入这片宁静的天空。

2012.9.30 香港—纽约航班上

暗想薇依

像薇依那样的神宠的女人，

借助晦暗才能看见。

不走近她，又怎么睁天眼呢。

地质的女人，深挖下去是天理。

煤，非这么一块一块挖出来，

月亮挖出了血，不觉夜色之苍白。

挖不动了，手挖断了，才挖到词的大赦。

词根的女人，对果实是人质。

她把生育塞进这果实，吃掉自己，

又将吃剩的母亲长在身上。

她没有面容，没有子宫，没有钱。

而此生已成后世，纵使叩问从存在

扩展到不存在，还是听不到舍身。

那么，立在夕光中暗想片刻就够了，

别带回家乡过日子，

无论这日子是对是错都别过。

浪迹的日子走到头，中间有多少折腰。
北京的日子过到底，终究不在巴黎。
神我的日子，递给小我是个空茫。
因为这是薇依的日子，
和谁过也不是梦露。
旧梦或新词，两者都无以托付。
单杠上倒挂着一个小女孩，
这暗忖的裙裾，雨的流苏，
以及滴里嗒啦的肢体语言。
她用挖煤的手翻动哲学，
这样的词块和黑暗，你有吗？
钱挣一百花两百没什么不对，
房子拆一半住一半也没什么不对。
这依稀，这弃绝，不过是圆桌骑士
递到核武器手上的一只圣杯，
一失手顿时碎骨。
众神渴了，凡人拿什么饮水。
二战后，神看上去像个会计，
但金钱并没有让一切变得更好。
账户是空的，贼也两手空空。

即使人神共怒也轮不到你
替她挨这必死的一刀。
词的一刀，比铁还砍得深，
因为问斩的泪哗哗在流，
忍不住也得强忍。
而问道的手谕，把苍天在上
倒扣过来，变为存在的底部。
薇依是存在本身，我们不是。
斯人一道冷目光斜看过来，
在命抵命的基石之上，
还有什么是端正的，立命的。

2012.12.30 北京

798（节选）

小时工掰成两半花的钱
一百年积攒下来
也不够考古学一天花
北京人拿着几枚土鸡蛋
敲破资本的壳体
柴米油盐，往热锅上一摊

该烧出云状的，烧出了水垢
该涂防腐剂的，涂了层釉彩
该浅吟低唱的，唱破了耻辱
该刻骨的，该刮骨的，该走上刀刃的
皮肤贴着皮肤，轻轻一吹

哦，山河入怀的 798
怀里的野兽已成宠物
铁牢和铁饭碗，全成了易碎品

贴上小心轻放的标签后
要么空运，要么上架

野史也已分层。北宋的一场雪
被山西煤炭烧成了陶瓷
搁放在时尚货架的最顶层
少年白，你得登上多少座山外山
才能登顶这无边的荒野

五环外传来二手公知的消息
别以为嘴里不嚼口香糖
人民的日子就不甜
该拔掉的坏牙，拔了还在咬牙

还了一百年的债一天也没欠过
读了一百卷的书一页也没写过
喝了一百吨的酒一滴也没酿过

但为什么隔世独酌的那厮
醉个半死，却滴酒不沾？

正如一个风尘女子
岔开两腿，挺起巨乳
却连手也不让男人碰

人体一直变，直到变成人体炸弹
手机一直响，直到死者伸手去接
泥土一直捏，直到捏出土里的肉
肉身一直烧，直到烧出陶俑

归去来，归去来
一人独行是窄巷子
资本走过就是青天大道

这是初春，这是大雾沉沉的 798
小陶人可以混迹于众生
也可以一怒摔碎自己
你就一片片拾起这心碎
数一数艺术这具孤身上
有多少小资和大款

你就听凭小陶人漫天要价吧
它可以是人，也可以不是
人自己却不得不是

2013.2.21

纸房子

一座盖在明信片上的房子
寄到远方之后，仍在原地屹立不动
纸上建筑，拿水泥一抹竟是真的

土地也可以是一片云，挪移到纸上
盖上邮戳寄走。几片雪花
足以使房子和土地飘飞起来

老房子人进人出，但门敲叩无声
时间上了锁，但锁芯已经坏掉
钥匙转动时，明月也感到头晕

你打开空，点了点锁芯里的词造物
有几颗是人造心脏。这么一座
盖在纸上的房子，却有着水泥

和砖头的肯定性，浪花被玻璃固化
水母轻若烟云，穿上沥青外套
建筑师年少轻狂，将蚊子和金龟子

从图纸放飞出去，也不知词与铁
孰轻孰重。童音的变声夜
地方戏的嗓子清空了歌剧

混凝土把柏拉图头脑里的洞穴
递给飞翔，水里的鱼
被盖成鸟儿的样子，却不去飞

水电工将导电之手伸进风暴眼
伦理，按真理与妄言的恰当比例
建造起来，神与人，构成孤立

走了神的乌托邦，以及家长里短
逼着砖瓦工讲黄段子
砖混骨架，变得有血有肉

要是以来世的目光看待现世
把末日倒过来看，从月亮的盈满
看到光的雪崩，看到善的亏欠

以及真的佯谬，钥匙会在锁芯里
停止转动吗？老房子在大地上的消失
和纸上的重建，两者都是未知

掏真金支付这个幻象吧
空，有时会自动投身于建设
你会将纸房子移到土地上去盖吗？

2013.4.12 写给翟永明

致鲁米

托钵僧行囊里的穷乡僻壤，
在闹市中心的广场上，
兜底抖了出来。
这凭空抖出的亿万财富，
仅剩一枚攥紧的硬币。
他揭下头上那顶睡枭般的毡帽，
讨来的饭越多，胃里的尘土也越多。
胃飞了起来，漫天都是饥饿天使。
一小片从词语掰下的东西，
还来不及烤成面包，就已成神迹。
请不以吃什么，请以不吃什么
去理解饥饿的尊贵吧。
（一条烤熟的鱼会说水的语言。）
托钵僧敬水为神，破浪来到中国，
把一只空碗和一副空肠子
从文具到农具，递到我手上。

人啊，成为你所不是的那人，
给出你所没有的礼物。
一小块耕地缩小了沙漠之大。
我还不是农夫，但正在变成农夫。
劳作，放下了思想。
这一锄头挖下去，
伤及苏菲的地理和动脉，
再也捂不住雷霆滚滚的石油。
多少个草原帝国开始碎骨，
然后玉米开始生长，沙漠退去。
阿拉伯王子需要一丝羞愧检点自己，
小亚细亚需要一丝尊严变得更小，
女神需要一丝愤怒保持平静。
这一锄头挖下去并非都是收获，
（没有必要丰收，够吃就行了。）
而深挖之下，地球已被挖穿，
天空从光的洞穴逃离，
星象如一个盲人盯着歌声的脸。
词正本清源，黄金跪地不起。
物更仁慈了，即使造物的小小罪过

包容了物欲这个更大的罪过。
极善，从不考虑普通的善，
也不在乎伪善的回眸一笑。
因为在神圣的乞讨面前，
托钵僧已从人群消失。
没了他，众人手上的碗皆是空的。

2013.10.18

早起，血糖偏高

在早餐的蒸蛋里，那晨星般
撒下盐粒，又让老男人凝结的东西
变成了糖。天下盐，丢了谁的天下

这一天，广场空无一人
急诊，排起了长队
风吹来芳香的、意识形态的苹果醋

四环上，有人驾驶一枚鸡蛋壳
逆时空一路狂奔
五十年代的膀胱缓缓升空

隔着防火墙捏鼻，还是能闻到
三千里外的闷骚狐狸：孩子们
从搜狐网朝阿里巴巴撒尿

为憋尿时代建一座纪念碑吧
为头脑里的小便订购一只抽水马桶
因为杜尚先生要来，签下他的大名

在文明这具恐龙的骨架上
我们一生的甜蜜劳作
工蜂般刺入花的血滴

在花脉深处，药片吞下烈日
甜的陈腐照耀着大地
甜的吸血鬼相见欢

胰岛素，这液体的针尖王子
以医学的目光打量尘世
避开了冰淇淋皇帝的邀宠

糖衣炮弹打开甜的内部构造
揪出一堆的厨子和胖子
有的得了厌食症，有的想要转世

而贪吃糖果的男孩
像个无辜的天使站在地球仪上
并不知道甜去了哪里

伤感是多余的，但又必不可少
甜的哲学被苍蝇飞过之后
再也不能飞得像一只翠鸟

2014.1.3

抽烟人的书

只读抽烟人写的书
只买烟草抽掉的书
只花抽烟抽剩的钱

打火机将书里的字烧光了
剩下一本无字书
读，还是写：这是个问题

抽烟人的书，字是亮的
烟丝熄灭后，钨丝亮了
烟抽过的东西全都有了电
没抽的，继续待在黑暗里

钨丝和烟丝，哪个更亮？

红尘和灰尘

其中一个犯了烟瘾
想从书钱手上抢烟钱
但书钱早被烟钱
花得只够买一份小报

不买书的人
把买书省下的金钱
攒起来办报
但风把报上的字也吹走了

昨日之日，不够读一份报
但足够读一百本书
今日之日，今人的书
全是古人写的

活字睁开眼睛
不解地看着盲人所见
鸟语，出现在死读书里

悠悠此生，读不完天下书

但足以把图书馆的书
从头写一遍

书写到一半时才有了书桌
烟抽得只剩一小截烟屁股时
还是没裤子穿

《资本论》的稿费
不够马克思的烟钱
大英图书馆烟雾蒙蒙
托洛茨基嘴边那支烟
倒过来抽未必是斯大林

地狱般的烟瘾升上碧云天
从报摊到图书馆
一路张贴着禁烟令
肺里的烟灰缸被扔了出来

头脑里有一只巨大的墨水瓶
从未写出的书，人人都在读

书读完了，却一字也没写

书的历史减缩成一份晚报
新闻被退回事件的发生
发生，被退回发生之前

以读报人的眼光看
书，是幽灵的事
提着断头，双手也被砍去
把死的东西写得活过来
眼睛写瞎，心写碎

尽可能久远地读
尽可能崇高地写

2014.1.20，写给西川

老男孩之歌

让正在说的话闭嘴。
把盖了一半的房子
正在盖的另一半拆掉。
把读了一百遍的书，
一页一页撕去，撕个精光。

撕掉的书，哪本一字没写？
书店的书，哪本值得掏钱？
六十亿地球人天天上网，
只有一个老男孩，终其一生
埋头读书。

买不起书，就偷书。
偷不走书的年岁，就偷书的心。
但偷书之前得学会认字，
认字之前，得先造字。

在古希腊，一个小女孩的眼睛
替晚年的俄狄浦斯看过路。
她会替一个老男孩看书吗？

将正在读的书合上。
让正在写的书停笔。
吹灭飞蛾，降下光的鹅毛大雪。
从做旧的爱拔枪，退弹夹，
看子弹是不是刀的避让。

别管写的书谁读，你就写吧。
别管刀在谁手上，你就戳吧。
也别问，这一枪对着谁开——
不忍对他人开枪，就对自己开枪吧。
谁死谁生，都是恍然一瞥。

管这大把大把的金钱是谁挣的，
你就花个痛快吧。
管这条命是贵是贱，

想革，你就拿去革吧。

你就用左手卡住右手的咽喉，
呼吸左派的忧郁。
让左传的肺一字一顿吧。

鱼刺，卡在海啸的深喉。
在刺客读完马列前，
你就成为这个刺客吧。

老男孩的头脑里
有十个书房，
就让其中一个变成文盲吧。

一百个美少年凑出一个老男孩，
其中一个是逆生长，
给他半日春风他就万物疯长，
对应于老男人的万念皆空。

日子是空的，像是没人过过。

女人心，往外掏什么都是桃花。
李香君走出空闺，把桃花扇
退还给孔尚任。回家时鞋子想扔哪儿
就扔哪儿是多么幸福。

每天早起，在一头幻象奶牛身上
给真理挤奶是多么惬意。
但网聊之余引用心经
是个冒犯，因为佛祖
从来不是一个机会均等的雇主。

李白快递了一个千金散尽。
鹤的快心事，中途按了暂停键，
似乎在等签名版的东风。
但热泪掉头，洒向太平洋。

一个盲人天文学家，一生从未看过
头顶的星空。星空，是内心的事。
瞎了眼的老男人呵，奇迹般
读完了书架上所有的书。

晚报是个哑巴，却一直在唠叨。

看一部电影，比从头拍这部电影
还要耗费虚无，钱也花得更多。
在一个穿金戴银的时代，
谁又没穷过。

大我小我，付与一些轻物质。
金属的小战争打到最后
竟是一个抽象。 抢银行的恐怖分子
头上套个薄膜袋走来，
你趴着没动，但知道枪里没子弹。

为此，老男孩的童贞被浪废了。
人怎么能容忍苍蝇飞过的生活
在自己身上一直活着。

至少还有野蛮人的屁股可以坐下。
在哲人的内心深处，
脚底的词，就像

刚登上泰山一样喘不过气来。

给词穿上运动鞋或许会好些。
而我，什么鞋子也不想穿，
即使光脚踩在碎玻璃上也不穿。
八千里路的尘归土，够你走到天边外。

让万箭的血，从脚底射入头颅吧。
让赤脚的血更尖锐些吧。
让词与面包血淋淋的吧。

在这个老男孩身上谁又没活过，
谁与他一握不是两手空空。
他老去一天，够我小一岁。
天下烈酒我们对饮各半，
我喝得烂醉，他却滴酒未沾。

脏衣服晾在叶芝的晾衣竿上。
老男孩和我穿同一件衬衣，
衣领是他的，袖子归我。

一个崇高的合体，是卑微的，分身的。

请准许我替他变老，变穷，变蠢，

因为他将变得比我更为愚蠢。

2014.2.2

八大山人画鱼

鱼，游出词的骨头
在阳光的垂直照耀下

迷幻地待了一小会儿
然后，游回词的无处安身

鱼以词的身体，在地上
活蹦乱跳，它刚刚离水

八大山人想吃鱼
但山中无鱼，只好画鱼

渔夫觉得不像
抓了条活鱼放进画里

一条真身入画的鱼

反而更不像了

鱼像了词，像了别的东西
不再是它自己

在词的身上，鱼不过是
词的无处安身

彻底安身，也就彻底死了
鱼在地上，一动不动

谁会是一条真鱼呢？
如果它不是

八大山人画过的同一条鱼
早已被渔夫捕获

鱼听从了词的放逐
眼睛，在水墨中瞪着

词没有的东西，物也没有
如果有，它会自己现身

比如，一只孔雀
会慢慢出现在鱼的肺部

鱼在纸上游来游去
而不是水下

孔雀肺一呼一吸
直到空气全无

文明的幽暗
对鱼的孔雀是个诱惑

它刚要开屏
却被浪花溅了一身

鱼忘记了八大山人
从水的抽象游入博物馆

鱼也忘记了渔夫

且在阳光中待得太久

2014.2.12

怀想张枣

张枣从明天刚抵达昨天，古人们
叠浪般把一些幽暗的事物
弄得夺目，死亡的内部分工，
一下子变得光天化日。
但是死，此时此地，新鲜动人，
张枣还不是他自己。死，还活着呢。
落花般的手稿里，有几页张枣译的庞德。
（如今他们相遇天上，彼此说光速的语言。）
……老庞德说：厄运与海量的美酒。
我在喀尔刻家中睡去。但是你，
奥德修，请记住我尚未被哀悼
和埋葬。
隔世的张枣用怎样的翻天印
才能一剑刺入命的前身？当非命
逐渐变成僵硬的“是”。当是非的预兆
用汉语的金枝玉叶，打开灰尘的降落伞。

死，要是鬼魅般好看，就会睁天眼
避开生者与死者的对视，躲过浩渺。
仅有好运是不够的，还得以上帝粒子
去称量，去登顶和跪下，去促使善
因过错而获得纠正的力量。
但错谬，将变得不可纠正：
因为灵肉冲突，在词的轻盈之上舍身。
因为小有所得，而大有所忘也。
一架全速行驶的幽灵马车，解体跑到天上
迸散出五百万亿只史料蝴蝶。
而这，只是头脑里被挖空的疯狂，还不是
疯狂脸上那只缺失的、圣物的眼睛。
在盲人的国度，独眼人就是国王。
这是创造的法则：它远比得到的要少，
却不比失去的、失而复得的更多。
事其神者，神去之。
而去留于神，犹蚊虻一过也。

2014.3.8

看敬亭山的 21 种方式

1

你坐在敬亭山下
打听李白的消息

一千年前
李白坐在同一个地方
打听你的消息

消息和消息之间
黄鹤飞了过去

2

把李白的诗写得像朦胧诗
是个不错的主意

建议一只飞翔的鸟
从词语的鸟换出真身
这同样是个不错的主意

3

正是在与敬亭山对视时
李白看见了自己

而你，看见三月三的手臂
从众树的枝条伸了出来

4

正是与李白的神秘一握
你才有了自己的手
词的手，月光的手

那么多的手，却握不住

此时和此身

5

晨雾般升起的记忆
双脚埋入土地
像树一样扎下深根

词，不过是随风摆动的叶子

6

雪后的敬亭山真美

猎户座头脑里的豹子
和它的影子
双双掉落在雪地上

雪如城堡，辞章之美
层叠堆砌

雪意，出现在一个退身
的造像和辨认之中

7

如此恢宏的地理天象
闪晃着酒的心事和美色
李白一醉，千金散尽

多年前抛上天空的碎银子
至今没有落地

8

天眼嵌入词眼
却不睁开四望

无论李白在你身上看见了谁
都是云的目光在解散

你取下眼镜给云中君戴
忘记自己也近视

词坐在云生处
看见山色渐渐长出
水墨般的肉身

9

古人，埋头收集大地的尘埃
将黄鹤的消息骑入黄河水
又将黄河之水骑上天空

三千丈白发集束在一起
仅仅因为
肉身导致精神涣散

为什么肉身之人会露出词的骨骼？
仅仅因为

红尘和灰尘，皆以精神为疼痛

10

幻象：飞翔只是一个幻象
必定不是它看起来所是的样子
可难道没有
不伴随幻象的孤鸟吗？

11

与敬亭山对视
古人平静下来，而今人
也将平静

因为李白已停止了歌唱
天地有大美而不言

而你也将看到
词所确信的虚无是真的

12

你用词
造了一只鸟笼，但鸟儿
会钻进词的装置吗？

能和古人待在一起就够了
你唯一要做的
是把鸟笼挂在星空下

就像把床垫放在大海上
然后，在波浪中躺下

13

落日是一个
静坐在山顶的盲人
眼睛，很快就没什么可睁开的了

14

当李白坐在身边，你看不见他
当他不在了，你看见的任何人都是他

赞美这两种盲目
以及它们之间的交叠目光吧

15

透过李白的目光
与敬亭山两相对视

但谁是李白之外的
第三个观看者的目光呢？

16

坐在敬亭山顶
与坐在天空深处的李白

对视百年：这美妙之极

但只对视三分钟
或许更为销魂

17

你在敬亭山的一夜睡眠
已被古人睡了千年
睡鸟的脚步从李白身上
走进一本读完但没写完的书
大风一吹，书里的字
扑腾扑腾全都飞走了

18

在众鸟身上进化
在孤鸟身上返祖

谁去谁留，都是旧人

你就和李白一起飞吧

19

新人的前世今生也想飞
但天空已被深埋

要飞
你先得从大地深处
把整个天空挖出来

20

将这道与敬亭山对视的目光
慢慢从李白身上移开
慢慢移到你自己身上
慢慢地，移到此身何人
慢慢地，移到今夕何年

目光本身，慢慢定神

21

不在的目光，看得更为遥远
看到李白一个人是一群人
看到敬亭山在众山之外
是孤山

2014.4.5

拒绝去捏脚

这种天天捏脚的日子
伸出来给手过，手已顺从了流水。
水，顺着月色往石头里捏，
却无法握住水的温柔，
即使能看出经络的天文地理。

手心无语，也无力
修饰这鱼鳞斑斑的生化面孔，
这无人说了算的翻手覆手。

索性把手的日子交给脚去过。
有时雾中看花，有时琴弦缠绕，
新人一弹，顿成旧理的锦灰堆。
水的表面留下木刻的纹理，
身体则走到头脑之外。

手的心脏已经停止运转了，
手的脚依然在狂奔，
但追不上手的浩渺。

近乎残忍地将一千双捏脚的手
伸进春天枝条，去拂拭，去挽起，
去缩回到成肉身的手。

有时一千只手的力量，
会因一只手的无力而垂下，
在寸心之隔的冰火两世界。

你以为这骨节冰彻、血脉曲张的手，
捏脚之后，会是一具千手菩萨？

你以为这顺从的手能捏到逆命？
这一人手上的一千只手，
捏的是千人脚上的同一只脚。

以一己之手为千人捏脚，

又以同一只手的无力
为千人一面的老父老母
建造房子，一砖一瓦地建。

那些没捏的脚，走出菩萨的千手。
雪，赤脚站在阳光里。
词的鞋子在刚刚捏过的脚上
不是用来穿的，而是脱掉。

被男孩子穿臭的一堆堆袜子，
可以用水的袖子卷起。
如果这样的手捏不住春风，
它在风的解散中还是波浪吗？

对于捏脚，词并不是手的思想。
此生百年，一天也不想多捏。

2014.4.17

大于一吨半

无产阶级的小资，独裁者也得点头

一阵过期香水的熏风
以外星来客的先锋鼻子
弯身去嗅李后主身上的玉
唇齿之间那一抹哑金
越是深跪，越是词的废帝

一日浮生，百年垂死
独裁者，你就长话短说吧
你就拿大数据和小主意
一人独大吧
你就去星空中扫二维码吧

但你不能用国王皮格马利翁
关掉庶民身上的死者

因为诗人奥维德的记忆
也是虞美人的记忆

因为国王怀里的象牙人
将一个泥人变成了阉人
你就从帝国的硬命
拔出这软骨头的刀子吧

因为万古以来，一直耸立在世界之巅的
那具阴沉着脸色的擎天柱
已从力的底部被抽走

因为生活中那些毛茸茸的东西
一直在吐丝，一直在磨损，一直在絮语
而神，一直以来口齿不清

狂喜之余，你敢往外掏吗？

男根，这腐败的胖子

自己把自己弄成一个孤儿
把公理弄得像私欲一样丢脸
硬币的脸，人的一面是大虫子
超人的一面是个法西斯

美人腰，如蛇行的河流
倒挂于创造力的两行热泪之间
女人的错觉是正确的
竟将众神的直觉弯曲下来
凭此一软，人，不必去死

触手可及的软，触及一个天体
不可说的软，一直是崇高的
为什么圣物总是第一个心软？

2014.10.30 写给姜杰

在雅典

窗外是忧郁的江油县。
七十年代的县政府大楼后面，
是 2000 年前的古希腊天空。
太阳升起来，带着昨夜的倦怠，
本地人的醉意在空气中弥散开来。
天神将手里那只空酒杯
倒扣过来：一种半透明的东西，
刚从大地的泥土烧制成陶器，
在柜台后面
以好客和宰客两种目光盯着你。
游客从出租车，从钱包和坟墓
钻了出来，把一个空意义塞得满满的。
意义之外，三十万叙利亚难民
漂浮在蓝色的爱琴海上。

而十四年前，一个清癯的中国和尚
自窦滵山铁索坠下。

2015.9.29

老相册

黑鸦没有右手，却有两只左手
手与手隔世相握，桃花换了人面

换谁都是两手空空
天人对坐，催促灰心

影子从屋顶明月缓缓降下
这埋入土地的天空啊

一大片黑影子扑腾着白雪的翅膀
一枚分币敲打安息日的心

在底片上，黑鸦像个职业摄影师
对着一场大雪，按下阳光的快门

谁将这无人的椅子坐在花里

谁命令我坐下，命令一百年的雪坐下

夏天过去了。乌鸦和雪还坐在那里
而我坐过的椅子上坐着一个无人

2015.10.7

开耳

钥匙从天上掉到地上的声音
捡起来一听
里面有个上了锁的歌喉

甚至从未打开过自己的囚徒
也在转动这片钥匙
试图打开被锁死的上帝

甚至闪闪烁烁的萤火虫
也从耳朵监狱的内部
点亮了一个天听透雕

有人在途穷处偷听这个天听
有人将手的日子往耳朵里塞
有人捂住转世的耳朵

天上的钢琴掉落下来
砸到童子功头上落花纷纷
十万个琴师的头上只有这一个灵童啊

十万个天才的身边坐着一个账房先生

我看到物质之美的孤立
我听到采采卷耳在发愣
迷魂被销魂一弹，顿时断魂

你得弯曲直觉才有听觉
你得走出听觉才能听到黑暗
你得待在黑暗中才能开耳

因为众人身上的耳朵皆是聋子
一种静极的发自子宫的声音
如同被哑巴所唱出

2015.12.21

字非心象

天下读书人中有一个不识字的
但他会写，把书里的字写在木简上
把废字和哑字写入鸟嘴
把缺腿的字写成鸟爪
又从鸟浮提炼出字的菩提

他提着众花的头颅去见世面
开败了字的花儿妙笔

他看不见自己身上的高山流水
因为所有的清水浊水
都与雾豹和经卷混在一起

人的一生中写了多少错字啊

星际之旅的念头挥之不去

一亿光年的直觉竟弯曲下来
一轮秦时月又别扭又顺从

古文课，以盲文去念皆是天文
而一个战国人牛逼就牛逼在
能以《易经》的字去说大白话
能把甲骨文写得如一只螃蟹
能把螃蟹爪子掰下来当钳子使

石碑里的鸟兽之身已非今世
多少个青蛙王子隐身于蝌蚪文
童心和童子手端坐在莲花上
邪恶也坐得端端正正

善，竟如佛骨一样盘卷坐起
又随日常万念化为无形
气息相吹，舞之蹈之
心之所是成为了它所不是的
但那并非心象，而只是个执迷

2016.1.12

自媒体时代的诗语碎片（节选）

1

乌有之地涌起一片建设，
直起腰的万有，发现自己一无所有。
生闷气的啤酒肚子，
从日常花销抬起头来，
望着星空发呆。

2

一枚硬币把薛定锷的猫
抛向星空，
落地后，面容已非今生。
而你，非得把这一大片难看的违章建筑，
戳上它二十几个公章后，
盖进黄公望的山水画卷吗？

3

大资本在片片桃花中涌动。
桂花树下，迷魂的香气不可近身，
不可深嗅或久坐。
逆光中的层层香气，
一经触摸，顿成雪意和尘封。

4

一个啤酒商，把多种谷物混在一起，
把广告升到珠峰的高度，
说：请搅动神的骨血。
请狂饮吧，这带血的四顾茫茫。
古人的酒量盛得下四海，
大雅，自杯底溢出。
而他偏是个大俗的醉鬼。

5

面目如云的数字寡头，
手里拿着罐装的、冰镇过的
碳酸民主。涓滴之渴，
汇集成大数据的洪水滔天。
而你，不知能做什么却一直在做，
不如什么也不做。

6

大 V 开口，小本生意也有头有脸。
这暮色，真是温润如古玉。
心眼打开一看，没一道天的口子。
小胆子，大眼睛，毕竟不是飞人。
圣婴在子宫里，
随意地以父亲形状，
学习母语。

7

没想到仁波切竟如此博施。
税务官：一个形容词。
在一笔梨花的生意经上，
桃花朵朵绽开，磨嘴皮子的事
从一开始就缺钱。
新人旧债，被强扭过头来，
搂着广东话的小蛮腰。
大话，陶醉于二手娱乐。

8

孔庙成了全世界的地方性。
本地小开一脸无辜，比外星客
更讲究来头，
说更精致的脏话和下流字眼，
把铅球扔得比乒乓球还轻。
而坐在天空深处的琴童，
以一曲肖邦，

弹得众魂出窍。

9

啤酒灌醉了烈酒，
偷钱偷走了银行。
肺，打开一看是吸尘器。
一场车祸发生在天空中，
修车，修坏了脑子。
即使是神的电话，
你也别去接听。

10

开车有开出地图的时候。
父亲有比儿子还小的时候。
废话有说出真理的时候。
喜剧有笑坏肚子的时候。

11

残酷青春，终成柔情蜜意。
地上的天意竟无人捡拾。
雪中挺立的树，
落满麻雀
和省略号。

12

来世，闯入此时此地。
鬼闯入证件：一个假身份，
出生地却是真的。月色层层撩拨
腰部以下的迷离美色，
这隔世一醉的滔天烈酒啊。
以为雾霾所掩的红颜知己，
能够层层揭开一个废官面孔，
是多么侥幸。
有人从公理角度看待私情，
有人将一根阳具

塞到陶瓷手中。

13

一口硅胶英语说给谁听？
午后的忧郁，如找平的水泥地面。
自媒体时代的新经济学，
比凯恩斯更快地过气。
莎翁成了幽灵，还在赚人间钱。
而你，一直在等乡音的电话。

14

电话忙音听见自己是个聋子。
而哑字，听见心碎是一些青花瓷片。
悲剧随一个无脸的喜剧演员，
一不留神，走穿了镜子。
衣裳丢了影子，随掌声片片飞去。
而你，只好将修辞穿在身上，
只好假装是个中间人。

15

你看不见你身上不是你的那人。
两个人的月亮比一个人圆，
两个人的恐惧比一个人大，
两个人的命你就一个人抵吧。
两个死者同时别过脸来。
十分钟前你就该和福柯先生见面，
但一代人从考古学溜了出来，
有的为了逃税，有的为了逃兵役。

16

历史以时尚这枚钉子，将肉身
往生铁的深处和痛处钉。
家具，墙，随手翻过的杂志，
处处是嗡嗡叫的生活
和星星。
蚊子大到能操母鸡。
耳里的星空在咯咯下蛋。

17

适合废话的也适合沉默。
以颂歌、以赞美诗说出的真理，
以胡话和鬼话去说，竟更为崇高。
坏话好听得像两只风铃碰在一起，
其中一只是月亮，它没耳朵，
但听见光在青草里嚼舌。
因为暗喻的影子将存入黄金，
并滋生出人工自然，
向半条命的中产阶级索命。
新闻，拿成千吨废字
出售自己。

18

花儿的养老费存入众筹。
余数不到一，但多于一百。
花心的教授没读过中学，
但直接跳读了博士。

一大群目光清澈的女辩证法，
体检时被扒光了羞耻。
迷惑的是，有人以现世材料，
造了一个高科技的来世。
以宇宙之小，能打开想象力吗？

19

青涩成为老年人的风格，
有闲人，近乎无耻地
显摆美的次要。
这一腔热泪你拿它怎么去飞？
这半生浮华，怎么为清贫
抖落萧散的歉意？
媒体内鬼，踩着了一块西瓜皮，
一个趔趄，从天空跌了下来。
以点击率提炼的众罪，
容许铀的大海
升空。

20

无人机发射炸弹时，
神的眼睛不在弹头上。
杀戮令从无花自开的上将，
直接下达到下士的生殖器。
硬的感觉飞了起来，
像是在驾驭烂醉和心软。

21

导弹发射之后变得抽象：因为
只有被导弹击中的地点，并无发射地。
核武库在海底、在观念中隐身，
移动的鼠标如阴郁的鲨鱼群
不为波澜壮阔的海景所动。
你得走到佛眼所见之外，
才能面对末日审判的逼视。
人在人的外面，但神在其内。

22

一个看上去像青蛙的邮差，
将挂失多年的六朝邮件
骑上九重天。他听说两个虫洞之间，
有一条星际之旅的近路。
但半道上，一个心碎的邮包
突然爆炸，漫天星星掉落在草地上，
有的一直在开花，有的抱一不二。

23

城市税款的一半，经三十年投票，
拨给广场中心的一具公共雕塑。
雕塑家本人成了全城逆子，
他把石头弄成水的样子，
弄出些仿古的，浮花吹雪的效果。
但为什么那具雕塑
不是一位美男子？
他可以抽烟，一只接一只抽：

比如猫王，他在布宜诺斯艾利斯，
死了 50 年还一直抽烟。

24

为了让足球在天空中多飞一秒，
（请不要给它安装暂停键）
有人绕着地球跑了 300 圈，
从尤利西斯的时间观，
跑进珀涅罗帕手里的线团。
终其一生在海上追蝴蝶的异乡人，
本应是我，你却在这条命里替换出我。

25

微信红包层层破茧，
但飞出的并非蝴蝶。
心理医生对一个老好人说：
合脚的鞋子穿久了，会长进脚里，
像是一出生就穿在脚上。

而你，能为幽灵制作鞋子吗？
它们没有双脚，也得走路。

26

一万年比一昼夜更为急迫，
因为爱恨情仇，
不理会金钱的萧散。百年恩情，
不问今夕何夕，也不问此身何人。
因为天上老人
死盯着身边的睡美人在看，
如同被女人的直觉所洞彻。
而这一切，无足轻重。

27

这多出的一分钟老了，
比失去的青春更多耽误。
这一分钟，敌我错过彼此，
百年离迷，踩着树叶升上星空。

你待在树上久久不下来，
而我，是种树的人。

28

将思想的较劲反拧过来吧。
让是与不是
嘴对嘴，却一言不说。
与其被雅语和美文堵在门外，
不如让开心的骂人话洪水滔滔。
这文绉绉的、毫无用处的真理，
唯一的用处就是让年轻人
拿烂字和脏字放肆地说。
生气地说。
可以把黑话说得天开日出。
可以拆除这伪善的防火墙。
可以把本我的无名无姓，
一耳光扇在众名流的脸上。
晚安，对末日是免费的。

29

可以把西服穿在唐装上。
可以把爱因斯坦的相对论，
植入上帝的绝对。
可以用网语，一种让你去死的语言，
在死后悠悠活着。
可以让声音坐下，让声音里的哑和聋
坐下。
可以给子不语穿上制服：
天地有大美而不语。
小报记者，滔滔不绝。

30

这粒纽扣，扣在中山服上是个知识分子，
往西服上扣，会是外交雇员吗？
布莱希特先生告诫说，
一个什么都想自己干的人，
只能画房子，但盖不了房子。

一个笛卡尔式的消失点：
我思，但我不在了。

31

黑客贴着众花的耳朵一听：
通灵的神经，
尽是些硅片和电线。
旅行箱里的虚无越来越沉重。
衣服买一件扔一件，越扔越多。
最后一件风衣是外星人的，
而云深处的恐怖分子取下头套，
所到之处，不带任何行李，
只留下一只闹钟和庄子的蝴蝶。
他给炸弹也穿上跑鞋，
并砍下双腿交给死人去奔跑，
自己却安装了假肢，
不是用来逃生，而是在花园里
优雅地，和李尔王一起散步。

32

回答，因羞涩忍住了发问。
一双看上去像是芭蕾的鹳腿，
踩着薄冰之上的阳光，
在齐眉之处，一脚踩空。
士兵的注目礼波浪般横扫过来，
铁的正直弯曲下来。
大是非，
可以跪地，也可以坐下。

33

墙上那片水渍提醒我们，
所有金钱能看见的东西，
都是纸糊的。
中产阶级的瓶装生活，
摇了摇手机，扭了扭小别扭，
又拿抽心的海浪和保湿水
朝脸上一喷。脸，只剩下肚子。

脸除了肚子没什么可丢的。
新一代风投家掏出几枚分币，
对穷人说：请在我脏的时侯爱我。

34

哦，内听之耳的蚀骨和羞愧。
这片风语马语的耳中天啊，
这一叹三叠的夜色酒色，
这多出一口的花酒老酒，
谁喝花体酒，谁就是被花儿开败
的那厮。
满树苹果，一半被鸟儿啄破了。

35

博士头衔，能颁给天人革命吗？
六经在手，不可跳读，
但夜读也是白读，
全部读完不如只读一半。

删节本的《金瓶梅》，
半副老花镜，读它不如写它。

36

一个清洁女工从李瓶儿脸上，
揭下双面女知识分子的纸脸。
但是，仅凭花儿与核弹的云泥之别，
就想在泥人身上捏造出一个玉人儿，
恐怕西门大官人，
还得在三里屯一带多走动。

37

男人以为自己是西门庆，
但又有几个女人是潘金莲？
索性给极品女人的妖气
添点土气，给物哀添点精神。
英雄气短，内心芥蒂一碰，
小脾气顿时肿了左脸。

现实是无边的，但女人这门学问
能为无量界
注册一个有限公司。

38

有人走进桃花劫，惹得一身梨花。
小三反水，原配也欠身退让。
在抠门男人身上叩门，
不如推窗而入。千万别虚掩内心。
几个招式就能拆开锁芯，
深穴还没点呢，吹灰之力已移山。
谁都不能从生活全身而退。
爱，不是有梯子就能爬到高处。

39

要想在新闻里嗅到人味，
你得有一只狗鼻子。
轻词动翼，像灰尘，飞了起来。

第一人称想要表达父权，
而无人称是个女人，
她留下表达，但扔掉表达的物象。
你就放不知所云一马，
因为云的内核是个鸟肺，
它举起鞭子却并不抽打。
借表达的沉迷去穿越吧西夏人突厥人。

40

同一个儿子身上丢了两个父亲。
罪犯出生时，女检察官的肚子
还不是女人。
世界也从来没有子宫。
如果生下的儿子是个王子，
就雇一个镜中人去偷生。
如果生下的是民选议员，
就让敌人多生一个。
没有哪个肚子能生下整个议会。

41

百年肚子一天也没大过，
阿伽门农，怀不上也得生下来。
但是，为天鹅的肚子惊动上帝，
不如将天文数字的善款，
看作袋鼠一跃，抖落海伦身上的
金枝玉叶。
喻体，终得以玉体横陈。

42

疑问句：墙上一只水墨蜥蜴，
在大太阳底下趴着，一动不动。
仅两三个动词就足以勾勒出
蜥蜴尾巴的意识弧度。

43

夏日的蝉，它翼后的空腔里，

带有一种像钹一样的乐器，
和一千只火焰的喇叭。
生命太小，别的器官无处安置，
只得与看不见的月食，彗星的坠落，
堆积在暗处。
斑鸠和凤凰经由火合一。
无意中听到的：你以为是你自己，
实际上是莎翁的声音。

44

诗语，不过是写坏了的新闻。
能把坏人长得如此好看，
能让坏事也掏心掏肺，
这，也算一种本事。
好孩子啊，学坏才成长得更快。
而一个船长怕女儿迷上海盗，
连大海也一眼不瞧。

45

小资女人，闪晃着布的手感，
却对纺织和磨损浑然不觉。
秋风裙裾，一身褶皱，
坐在光的星期五，
遥想大乔小乔的束腰之美。
妙处没了，但讲究还在。

46

每天，身体坐直了两分钟，
什么也不想，什么也不做。
一千年后你会发现佛就坐在对面，
看着这世界，然后忽视它。
凡人所见，目光无法持久，
神的面容变了，衣服洁白放光。
在光芒中人脸渐渐淡去，
只剩下水面的波光粼粼。

47

马桶一点不脏，你只管天天清洗，
只管把马桶坐到天上去。
菩提心，坐在空的掌心里，
慢慢开花，也就慢慢没了自身。

48

初心如巨人手中的一个球体，
用力掷向天边外，
从牛顿摆掷出了傅科摆。
雨过处，留有一道彩虹，
飞升的万物皆被吸入子宫。
蝴蝶自己飞出了自己，
飞出了尘土和轻逸，
飞得好远，好远，又被吸了回来。

49

骑鹤人丢了迷魂。

老子，这个 81 岁的鹤寿婴儿，

倒骑青牛而来，将铜牛骑入泥牛，

又将天上的彗星骑入海底。

光的签名，在水上留有一行脚注。

50

学会柔软地对待

这往后硬不起来的生活。

学会不再见面的相见欢。

凡能说的，不说也罢。

凡能忍的，忍不住也得强忍。

心象，如水洗一样空名。

豹，轻盈一跃：桃花和梨花，

顿时分身。

今生一梦，两生开花。

51

眼看他起朱楼，
眼看他宴宾客，
眼看他楼塌了。
这些浮言空语的事不起波澜。
这些自发的孤单，匆匆的朝代更迭，
男儿落泪，经不起收拾
和怜惜。

52

一个面孔如铁板烧的乡下人，
给暗恋多年的盲女子，
买了一副隐形眼镜，对她说：
戴上它你依然看不见我，但能
更清晰地看见你的婴儿
和你自己。

2016.1.29

霍金花园

水墨的月亮来到纸上。
这古人的，没喷过杀虫剂
的纸月亮啊。

一个化身为夜雾的偷花贼
在深夜的花园里睡着了。

他梦见自己身上的另一个人
被花偷去，开了一小会儿。

……这片刻开花，
一千年过去了。

没人知道这些花儿的真身，
是庄子，还是陶渊明。

借月光而读的书生啊，
竟没读出花的暗喻。

古人今人以花眼对看。
而佛眼所见，一直是个盲人。

从花之眼飞出十万只萤火虫，
漫天星星落掉在草地上。

没了星星的钮扣，花儿与核弹，
还能彼此穿上云的衣裳么？

云世界，周身都是虫洞，
却浑然不觉时间已被漏掉。

偷花人，要是你突然醒来，
就提着词的灯笼步入星空吧。

2016.7.31